JAN 2020

W9-AGQ-165

CMPL
WITHDRAWN

Nueva York de un plumazo

Nueva York de un plumazo

Mateo Sancho

CMPL
WITHDRAWN

Rocaeditorial

CLINTON-MACOMB PUBLIC LIBRARY

© 2019, Mateo Sancho Cardiel

Primera edición en este formato: julio de 2019

© de esta edición: 2019, Roca Editorial de Libros, S. L.
Av. Marquès de l'Argentera, 17, pral.
08003 Barcelona
actulidad@rocaeditorial.com
www.rocalibros.com

Impreso por Liberduplex

ISBN: 978-84-17305-96-3
Código IBIC: FA
Depósito legal: B-13316-2019

Todos los derechos reservados. Esta publicación no puede ser reproducida,
ni en todo ni en parte, ni registrada en o transmitida por, un sistema de
recuperación de información, en ninguna forma ni por ningún medio,
sea mecánico, fotoquímico, electrónico, magnético, electroóptico, por
fotocopia, o cualquier otro, sin el permiso previo por escrito de la editorial.

RE05963

ADAM

¿Qué hacía yo en el cumpleaños de Barbra Streisand si cuatro días antes estaba llorando en la cocina de Madrid mientras mi madre freía las últimas croquetas para su hijo preemigrante?

Después de varios años atado a la pata de la silla de una agencia de noticias, había decidido que, aprovechando las condiciones de baja incentivada en plena profusión de ERE y previo visado gracias a un periódico local, era el momento de probar suerte y dar esquinazo a la crisis de los treinta en Nueva York. Cambiar todo (mi familia, mis amigos, mi casa, mi ciudad, mi psicoanalista y mi estabilidad laboral) por una simple promesa: la de que allí me fuera mejor o, simplemente, fuera más feliz. Y hacer el experimento de ver qué pasa cuando los únicos límites con los que te topas son los tuyos propios y no puedes echarle la culpa ni a la crisis ni a las presiones familiares. Después de entregarme a la vida social madrileña, el cuerpo me pedía una dosis de individualismo. Nadie esperándote en casa, trabajo para quien quiera trabajar y nueve millones de personas desconocidas disponibles.

Ya había explotado ampliamente el relato del chico marica de pueblo con máster en *bullying* que florece en la capital como un alelí en forma de cultureta carismático. La ventaja competitiva de haberme pasado el ostracismo adolescente viendo películas quemaba sus últimos cartuchos. Pero, sobre todo, se cernía sobre mí la amarga sensación de que el anonimato madrileño caducaba, de que la sombra del pueblerinismo era alargada, se iba acercando y eclipsaba poco a poco las libertades que yo identificaba con esa ciudad a la que había llegado doce años atrás. ¿Era este el efecto del paso inexorable del tiempo y tenía que madurar de una vez? ¿O era la última llamada para embarcar antes de que todas mis amigas se embarazasen y la heteronormativa me aplastara?

Elegí la última opción porque, como buen hijo de los ochenta, siempre fui más de malo por conocer que de bueno conocido. De echar la culpa a un país que no supo sacar mi verdadero potencial profesional o de pensar que una vida sentimental más decente me estaría esperando en las tierras de las oportunidades con los brazos abiertos. Que, probada la calidez estranguladora de la sociedad española, me tentaba pasarme al escalpelo gélido e implacable de Nueva York. Si las cosas salían mal, ya encontraría tiempo para aferrarme a esa nostalgia, también muy de nuestra generación, a los valores de la familia católica y de los amigos de juventud. Me abrazaría a la almohada y lloraría pensando en ese olor a croquetas de mamá que ya se estaba impregnando en la ropa de mi maleta sin cerrar. Empujé la última cremallera ya al final de la noche, mientras daba a mi padre un curso acelerado de Skype para acortar los 6.000 kilómetros de distancia.

Esa fue la única precaución que adopté antes de irme, el único ritual de despedida. Había tomado una decisión tan trascendental quizá con demasiada ligereza y, desde luego, sin aparente ceremonia ni estrategia. Uno nunca sabe si se trata de valentía o de inconsciencia, de emancipación o de capricho, pero mi única certeza era que el cuerpo me pedía a gritos volver a soñar. Y aunque era hijo de la educación pública, formado en valores de empatía y solidaridad y durante años me había abonado al cine de autor de filmoteca, me di cuenta de que mis anhelos honestos no estaban en Berlín ni en París, sino que eran mucho más *mainstream*. Que si había que aferrarse a un sueño, este debía ser sí o sí el americano.

Así las cosas, estaba justificada mi sensación de triunfo inmediato y merecido aquella noche de abril de 2013 en la que canté, como uno más, *Happy birthday, dear Barbra*. Por supuesto que había tomado la decisión correcta, porque me encontraba exactamente donde quería estar: con ella.

Maticemos el titular, que los periodistas somos muy de exagerar: aunque coincidía con su cumpleaños, la Streisand estaba en el Lincoln Center recibien-

9

do el Premio Charlie Chaplin a su trayectoria como directora, lo cual no solo hizo que allí estuvieran Bill y Hillary Clinton, Liza Minnelli, Tony Bennett, Michael Douglas y Catherine Zeta-Jones, entre otros muchos, sino que, tal y como me dijo ese señor llamado Steve que pronto se acercó a mí a oler la savia nueva de la homosexualidad neoyorquina, el auditorio donde se hacía la entrega del premio era aquella noche «la discoteca gay más sofisticada de Nueva York».

Steve trabajaba vendiendo entradas de Broadway y me quiso hacer de cicerone durante el evento hasta que, al comparar nuestras respectivas butacas, sufrió un semidesmayo: yo tenía cara de pardillo, cierto, pero entrada de ganador. Como prensa invitada por la marca de vodka que patrocinaba la celebración, me habían colocado en tercera fila.

—¡Esa entrada vale al menos mil dólares! —exclamó, y, pese a que era calvo como una bola de billar, hizo un metafórico giro de melena y desapareció para dirigirse a su próxima víctima: otro chico de casi treinta, como yo, con una barba similar y un traje también notablemente más barato que el de la mayoría.

Pero como en las películas malas, en cuanto la cámara desenfocó a Steve mientras bebía una copa de champán de otro de los patrocinadores, yo hice un *travelling* hasta el fondo y logré encuadrar un intercambio de miradas mucho más interesante.

Era Adam, y yo me sentía, efectivamente, en el edén y sin pecado original, dispuesto a nacer de su costilla, o a convertirme en manzana si hacía falta. «Hola, me llamo Simón», (bueno, dije *Saimon*), y apenas pudimos hablar más, pues el carillón del Lincoln Center anunciaba que había que ir ocupando las localidades porque empezaba el acto. Eso sí lo traía ya aprendido: mano al bolsillo interior de la americana e intercambio fulminante de tarjetas. Que empiece la fiesta.

Una vez en mi butaca entendí la furia de Steve. Yo tenía justo detrás a Kris Kristofferson y cinco butacas a mi derecha a Hillary Clinton. Sin embargo, el gran hallazgo fue encontrarme a mi lado izquierdo, codo con codo, a Roberta, una veterana escritora de moda italiana que después de veinticinco años en Nueva York tenía un acentazo de no te menees (algo que con el tiempo vería que era también mi destino impepinable) y pronto se metió en el rol de *mamma*. Me dio dos consejos iniciales que todavía hoy aplico y corroboro:

—Nunca dejes el abrigo en el guardarropa, porque solo conseguirás salir una hora más tarde del sitio en cuestión. Y acostúmbrate a hacer el *double-check*: comprueba siempre todo lo que te diga un americano, asegúrate de que realmente hace lo que te dijo que iba a hacer, porque la eficiencia estadounidense es un mito.

Se apagó la luz y comenzó el homenaje, que con todo este desfile previo de personajes impagables, ya se me había olvidado qué era lo que verdaderamente nos ocupaba y sobre lo que tenía que escribir. Y así, después de varios discursos de los invitados más célebres, de actuaciones musicales y clips de sus grandes clásicos, salió por fin Barbra, se echó un par de flores a sí misma y, sin cantar ni una sola nota, se acabó el acto.

Unos pocos elegidos pasamos a la cena de gala. Ni Steve ni Adam superaron el corte, aunque sí me pude despedir brevemente del segundo, al que prometí escribir un *email* al llegar a casa. Todavía era un hombre de palabra y no un neoyorquino traicionero. Todavía no sabía hacer uso de ese *bullshit*, que es como llaman ellos a las palabras que no significan absolutamente nada.

En la cena que tenía lugar en el *hall* del David H. Koch Theater, el brazo izquierdo del tríptico del Lincoln Center, Roberta se sentó de nuevo a mi lado y graciosamente añadió al cartón donde ponía su nombre una arroba y un loqueseapunto.com, de manera que me puso en contacto con ella sin tener que sacar ni el móvil ni las gafas. Aunque yo no había abierto la boca, simplemente la había dejado hablar a ella todo el rato, me dijo:

—Eres muy listo y vas muy bien vestido, deberías trabajar con nosotros.

Y supo que me hacía feliz aunque las dos cosas fueran mentira (ejemplo ilustrativo de *bullshit*).

El resto de la mesa estaba ocupada por otros periodistas y los relaciones públicas de la marca de vodka. Uno de ellos era Mike, que en una pésima labor de *marketing*, se puso borracho como una cuba pero con una vis cómica que acabó animando lo que resultó ser, en general, un acto bastante encorsetado y aburrido. Esto del tedio glamuroso también fue algo que con el tiempo me di cuenta de que era una constante en este tipo de cenas-homenaje-recaudación de fondos. Siempre con un estatismo festivo, siempre con cruces de miradas escudriñando cuentas corrientes o puestos influyentes en los que, claro, yo no salía bien parado. Y siempre con pollo en el menú para no herir ninguna sensibilidad religiosa, lo cual para mí era casi peor que lo anterior.

Mike, en varios arrebatos de deliciosa poca profesionalidad, nos fue salpimentando la cena con anécdotas como que Liza Minnelli había pedido antes de salir al escenario un copazo de vodka con Gatorade. También se abalanzó sobre Bill Clinton cuando pasó al lado de nuestra mesa, parodió la canción homenaje que le hicieron a Barbra (que rezaba de manera muy poco afortunada *Hello Barbra, hello prolific*) y, cuando bajamos a echar un cigarro al frío de la noche Roberta, él y yo —con Jeremy Irons incorporándose en un momento dado—, confesó de sopetón que «se encontraba muy solo» y que «en Inglaterra fumar mentolados es de gente elegante pero en Nueva York solo los fuman los negros». Su colega, algo abochornado, se disculpó en nombre de Mike por su comportamiento impresentable, pero lo cierto es que a mí me pareció la estrella de la noche. A la «prolífica Barbra» además, conforme fue avanzando la velada, se le fueron notando

13

las ganas de irse. Cuando en los postres todo el mundo se acercó a ella, además de demostrar que aun dentro del estrellato siempre ha habido clases (y ella se podía permitir ningunear a Catherine Zeta-Jones), desapareció antes de las doce, cuando realmente empezaba el día de su cumpleaños.

Goodbye Barbra y vámonos de la mano, Roberta, que te dejo en casa, tú que vives cerca, y luego me voy caminando a mi guarida provisional, ya que probablemente, cuando encuentre piso definitivo, no creo que sea en Manhattan y me tocará ir en metro.

Al llegar a la casa alquilada por Airbnb con la sonrisa de oreja a oreja, escribí la crónica oficial del sarao, mucho más aburrida que la extraoficial pero con un tono triunfal acorde a mi sentimiento. También, claro, escribí el prometido *email* a Adam, otro a Roberta, y me fui a la cama con la sensación de que mi nueva vida iba a ser maravillosa. Incluso pensé que a partir de entonces mi vida sería siempre una alfombra roja, aunque nunca más volví a verme en otra de esas y lo que estaba por llegar sería, si bien igual o más divertido, por lo general mucho más miserable.

Al día siguiente, todo ya mucho más terrenal, Roberta y Adam me contestaron muy amablemente. Ella aprovechó para promocionar un acto que estaban preparando en su revista y desapareció de mi radar, más allá de verla de lejos en algún desfile de Calvin Klein y que yo pudiera contestar con nombre y apellido a los que preguntaban: «¿Quién es esa y por qué todo el mundo la saluda?». Y él me dijo que se iba a Florida por trabajo unos días pero que a la vuelta quedaríamos. En contra de lo que luego comprendí que es tendencia, también estaba diciendo la verdad y no quedó todo en agua de borrajas. Al menos, no todavía.

Por su tarjeta, sabía que era arquitecto, pero como buen periodista quise saber más, así que esos días aproveché para guglear al tal Adam y, aparte de pedirle amistad en su página de Facebook, encontré una nota de prensa de cuando fichó por su actual estudio y un vídeo en YouTube en el que explicaba el proyecto de unos bloques de apartamentos en, efectivamente, Florida.

Llegado el momento de mi primera cita en Nueva York, aparecí ya vestido de calle, y él también: ahí se empezó a notar por primera vez la lucha de clases. Cenamos en un asiático fusión como debe ser y nos contamos nuestras vidas. La mía sonaba en ese momento bastante emocionante, con toda la odisea del recién llegado y todavía bajo el halo de sentirme el rey del mambo instantáneo. La suya, pese a llevar muchos años en Nueva York, mantenía el tirón: estaba divorciado de su primer marido desde hacía muy poquito; pronto la cena tomó ese muy mal camino en el que tu *date* decide lamerse ante ti y contigo las heridas de su ruptura. Un clásico.

Saqué mi lado comprensivo y consejero, porque lo bueno del extranjero en Nueva York es que, sea cual

15

sea la situación, siempre piensa en positivo y disfruta porque está practicando el inglés. Todo cuenta como experiencia cultural y ventana de acceso a la nueva ciudad. Él lo agradeció y siguió relatando cómo parte del drama de su separación había tenido como consecuencia más dolorosa la custodia compartida de sus dos perros, detalle que me introdujo en la percepción de cómo en esta ciudad la gente trata mejor a sus mascotas que a los humanos. Sus dos fox terrier tenían, claro, su propio *dog walker,* es decir, la persona que los paseaba y había pasado el cumpleaños con ellos mientras Adam estaba en Florida. Me enseñó las fotos de los chuchos con sus gorritos de fiesta y hasta con matasuegras, así como un pienso compuesto que debía ser de una calidad acorde a la celebración. Siguiéndole la pista en Facebook, pude comprobar que, aunque obviamente ellos no tenían perfil creado, eran a todas luces sus mejores amigos.

Esto me inspiraría en el futuro para escribir un reportaje en el que exploraba la vida vip de los perros en Manhattan. Así descubriría que tienen sus galas benéficas para la leishmaniasis (el llamado «sida de los perros» porque afecta también al sistema inmunológico), sus concursos de belleza anuales y sus propios héroes (los bomberos caninos que murieron en el 11-S). Y concluí que un perro le genera a un neoyorquino más ternura y compasión que un ser humano, por la sencilla razón de que da menos problemas, porque no son ni preguntones ni respondones, de forma que

16

no vulneran el ultraprotegido espacio vital del humano *manhatteño*.

En cualquier caso, cuando nuestra primera cena tocaba a su fin, yo pagué instintivamente la cuenta, un mal hábito de quien tiene complejo de pobre, y él dijo la frase clave: «¿Quieres tomarte algo en mi casa?». *Let's go*.

Adam vivía en un edificio divino cerca de Columbus Circle, de esos con portero y ascensor *art déco*. Cada vez que escribe algo en Facebook, tiene su propia etiqueta porque es un lugar destacable en sí mismo. Allí se abrieron ante mí estancias que no supe valorar en su justa medida, pues todavía no era consciente de que la caja de cerillas es la norma en Nueva York para los ciudadanos de mi clase social. Sí me impresionaron, en cambio, sus muebles y esculturas de ébano, así como su empeño por europeizar el ambiente para resaltar sus raíces italianas con planos del Coliseo, bustos grecorromanos y fotos de ruinas clásicas. A mí me espantaba un poco, pero ahora sé que eso era *luxury* de verdad al estilo Nueva York.

Llegados a la cama, me sorprendió, en primer lugar, que me preguntara si podía llamarme *papi*, por lo que tuve que impartir una breve clase de geografía amatoria, y en segundo lugar, que cuando la cosa se calentó, abrió el cajón de la mesilla y, junto a la consabida caja de preservativos, tenía una pila de toallas. Tomó una, la colocó bajo mis posaderas y así se practicó un sexo seguro tanto en lo relativo a transmisión de

17

enfermedades venéreas como al manchado de unas sábanas seguramente carísimas. Cuando todo acabó, me preguntó si me iba a quedar a dormir y yo afirmé con toda naturalidad, mientras ya mis párpados pesaban y mi voz era casi un susurro. Tampoco sabía que, dado que yo no era un perro sino un hombre, pasar la primera noche con un amante tiene para un neoyorquino un grado de invasión de la intimidad equivalente a que tus tíos se te instalen un mes en tu microapartamento compartido de Brooklyn.

Al día siguiente nos duchamos, él me puso sus cremas maravillosas, que le propiciaban un cutis perfecto, y me peinó.

—Ahora pareces más europeo —me dijo como si ya me hubiera añadido a su colección y dejando caer que, con lo mono que estaba repeinado y con el traje que llevaba el día que nos conocimos, mi *look casual* tenía que mejorar.

Y con esa sesión de asesor de imagen impagable, salí de aquella casa muy contento, con el sentimiento de pertenencia a la dinámica neoyorquina bien arriba, y yo diría que hasta rejuvenecido.

No en vano, cuando nos escribimos mensajes durante los días siguientes, Adam me dijo que iba a ser su cumpleaños en breve. No pude evitar la pregunta: «¿Cuántos cumples?». «*Are you ready?*», me contestó. No se lo dije, pero yo le había echado unos treinta y seis años. Adam iba a hacer cincuenta. Entendí que, además de suponer mi entrada en el sexo y en el ámbito perruno neoyorquinos, mi relación con Adam era mi debut en el universo de los retoques en el mundo del gay madurito de la ciudad.

Tras tomarme con él una cerveza el día de la celebración (una vez que se habían ido todos sus amigos, claro), regalarle una tarjeta de felicitación muy *nice* con unos perritos en blanco y negro, y tener una nueva sesión de sexo con toalla, todo se fue diluyendo y Adam desapareció de mi vida palpable para quedar como un amigo de Facebook que siempre encabeza sus mensajes con un *sweet*.

Un día me lo encontré en el metro y se sorprendió de que siguiera en la ciudad.

—Como en Facebook te veo siempre poniendo fotos en otros países, pensé que te habías mudado. ¡Qué bien vivís los europeos! —me dijo.

19

Y entonces me di cuenta de que la riqueza en Nueva York es también una cuestión de prioridades de gasto. Por cada busto grecorromano no comprado, yo podía hacerme una escapada, mientras que para Adam, hombre atado a un estudio de arquitectura, el tiempo libre era un lujo más valioso que el ébano.

Retomamos el contacto de manera menos casual cuando vino a verme mi padre, que también es arquitecto, y Adam se ofreció amablemente a enseñarle su estudio y comentarle cómo estaba el activo panorama de la construcción en Estados Unidos, a diferencia de la desolación española. Sin embargo, justo cuando íbamos a quedar, me escribió un mensaje y me dijo que tenía que cancelar: en el espacio de veinticuatro horas había tenido que ingresar en una clínica y enterrar a sus dos perros. Le di el pésame y hasta le hice un poco de seguimiento durante las semanas siguientes, algo que me agradeció seguramente de corazón. Ahora, por lo que veo en Facebook, sigue viajando a Florida a menudo y vuelve a sonreír con dos perros nuevos. En Nueva York, pase lo que pase, la vida sigue.

BOB

$\mathcal{L}$a vida sigue y te pone en tu sitio. Después de ese capítulo piloto de mi periplo neoyorquino, llegó el momento de darme cuenta de que, aunque lo pareciera, la mía no era una serie de televisión y yo no era la versión gay de Carrie Bradshaw, porque a mí no me pagaban como para llevar una vida maravillosa con solo una columna semanal, sino que más bien iba a cien dólares la pieza antes de impuestos, trabajando de lunes a domingo para cubrir gastos, saltando de revista en revista y a veces hasta desdoblando mi personalidad con un seudónimo para poder vender la misma historia a dos medios distintos. Así, la búsqueda de alojamiento me llevó a un barrio bonito pero mal comunicado de Brooklyn, a cuarenta minutos en metro del centro de Manhattan. Y a compartir piso con Laurie, una estudiante de veinticinco años. Ella tenía la habitación principal y yo la del servicio. Bienvenido al descenso vertiginoso de la calidad de vida en Nueva York. El sueño se construye desde abajo y no te quejes, que para estar pagando por la habitación 850 dólares (ocho artículos y medio en mi escala), estás es un barrio bastante mono. Y al final, mal que me pese, una parte de mi sobriedad ibérica o mi culpa judeocristiana se siente mejor batiendo el cobre que cacareando en las altas esferas.

Además, el periodismo, aun con miserias económicas, te mantiene en contacto con un mundo al que jamás podías haber accedido por tus propios méritos. Desde la barrera, me siguieron salpicando en el rostro algunas gotas de glamur. Pero en general me las tuve que limpiar, saborearlas con moderación y seguir caminando. Pude darme cuenta de que, como yo, hay muchos que viven con un pie en la sofisticación gritona de su entorno laboral y una lágrima al cerrar la puerta de casa y tener que pasar de puntillas por el baño para no despertar a su compañera de piso. No somos clase media. Somos clase sin término medio.

Cuadrando cuentas en mi nuevo barrio me resultó bastante útil la archiconocida aplicación de ligoteo homosexual Grindr, aunque me sirvió más para averiguar dónde comprar la carne más barata o el mejor pescado que para geolocalizar a mis vecinos homosexuales con intenciones más evidentes. Cuando llegaba a casa con un trozo de solomillo de ternera o un pescado fresco, Laurie gritaba: «¡Vivan los gais!», pues ella después de un año no había pasado del supermercado y el ultramarinos 24 horas de la esquina. La otra sorpresa de mis primeros escarceos con las aplicaciones *online* fue la cantidad de usuarios que aseguraban usarlas solo para buscar amigos. Viniendo de la

España todavía con resquicios de *armarización*, pensé que era una manera de no decirse a sí mismos que estaban buscando sexo. Me quedaba mucho por aprender y muchas horas de soledad por tragar. También me esperaban todavía muchas conversaciones con Laurie, una chica encantadora que, en cambio, se apuntaba de buen grado a todos mis planes y rara vez ella tenía los suyos propios. «¿Por qué será?», me preguntaba.

Poco a poco, me fui manejando con mis presupuestos y mi rutina, yo diría que con un poco de gracia dentro de mis posibilidades. Empecé a ver que, a veces, el Nueva York de los perdedores es emocionalmente más confortable que el concurso de apariencias al que me abocaba cada vez que tenía que lidiar con el mundo vip. O quizá, aunque yo no me sintiera uno de ellos, los perdedores sí me identificaban como tal y los ganadores no.

Así descubrí uno de mis sitios favoritos para ir solo o acompañado. Un piano bar en el West Village, donde cada día se reúne la gente que, con talento pero sin belleza, no ha tenido buena suerte en Broadway. Son casi siempre los mismos, como una pequeña familia, y todos tienen voces maravillosas. Parece que están de charla, porque se miran y gesticulan. Pero están cantando, haciendo suyas las letras de temas no siempre conocidos. Se arremolinan alrededor de otro genio, este al piano, al que el éxito tampoco sonrió y que vive de las propinas que le echan en una pecera. Es un sótano que huele a humedad pero que emana humanidad y cariño en la evasión compartida. Un local que, aunque inevitablemente cuenta con mucho público homosexual, deja fuera toda tensión erótica, que también es una gran presión que a veces conviene sacarse de encima al salir de la oficina. Un lugar para entender la felicidad como un simple instante de olvido del que me aplico una dosis con más o menos frecuencia. Se llama Marie's Crisis y puedo decir sin dudarlo que es mi rincón favorito de la ciudad, aunque no me sepa la mitad de las canciones que cantan e incluso, años después de haberlo descubierto, siga siendo incapaz no solo de aprenderme las letras, sino de entender lo que dicen. Qué más da. Es un lugar para quitarse todos los complejos, incluido el del mal inglés.

En el otro lado del Nueva York humilde, por primera vez en mi trayectoria periodística me convertí en un *canapero* de libro. También sin complejos. Corriendo desesperado hacia las bandejas de comida, sabiendo que el mejor *catering* está en las entrevistas del hotel Crosby y que las presentaciones del Museo Judío tienen un salmón ahumado riquísimo. Todavía recuerdo mi emoción cuando sirvieron unas tapitas de trufa negra en la inauguración de una galería en Chelsea. Y cómo Bob resumió nuestra crisis de la tercera semana cuando sacó de la nevera de su casa un fuet y, al ver que se me iluminaba la mirada, me dijo:

—Me gustaría provocar en ti la misma mirada de deseo que te ha provocado el fuet.

Bob era un estadounidense que tenía una hermana dando clases de inglés en Zaragoza, una auténtica rareza que explica su vínculo con nuestros embutidos patrios y su ocurrencia de darme una sorpresa que, en vez de avivar nuestras prematuras cenizas, dejó en evidencia que mis apetencias estaban demasiado sublimadas. Era informático, muy listo y bastante encantador. Físicamente no era, todo sea dicho, ninguna maravilla. De hecho, lo primero que me dijo fue:

—Eres demasiado guapo para mí, y eso es un problema.

Yo me lo tomé como un piropo medio original o como símbolo de una ventaja inesperada de mi mudanza a la ciudad: por primera vez tenía los privilegios del exotismo. Fuera de una España en la que era absolutamente del montón, en Nueva York me erigía, qué cosas, en un ave rara traída de allende los mares. Y no solo por mi físico, sino por mi emotividad cálida y lisonjera, pero sin tendencia al drama. Un punto medio perfecto entre el latino telenovelero y el estadounidense robótico.

Bob y yo nos conocimos en la fiesta de despedida de una amiga periodista; casi desde que llegas a Nueva York empiezas a despedirte de gente a la que ya considerabas tu núcleo amistoso, el eje central de tu nueva vida. Como si fuera la España de Franco, al ser los dos únicos gais de la fiesta acabamos enrollados. Hubo algo de magia, pues hablando y hablando descubrimos que nuestro lugar favorito de Grecia era el mismo (un pequeño malecón en la isla de Siros, muy esnob y al-

25

ternativo, lo cual hizo que me sintiera un poco *winner*). Además, vivíamos en el mismo barrio: él en una mansión original rehabilitada y yo en un edificio igual de bonito pero dividido por dentro hasta el infinito. Pero la vecindad era otro punto a favor. Para un habitante de Brooklyn echarse un novio del alto Manhattan es casi una relación a distancia. Así que, con dos partes de pragmatismo por una de pasión, pronto pasamos a mayores.

Desde que había llegado a Nueva York mi relación con el sexo había cambiado. En Madrid podría decirse que era bastante inapetente, tirando a conservador romántico, sin mucho interés por el aquí-te-pillo-aquí-te-mato y jactándome de ser selectivo. El típico gay que sigue la heteronormativa: no había tenido una salida del armario muy escandalosa, en parte porque me había afiliado a la moderación. Supongo que el concepto de reputación que se maneja en las poblaciones pequeñas siguió en mí más tiempo de lo previsto y de alguna manera me esforcé por que la homosexualidad no significara mucho más que una simple orientación sexual. Para todo lo demás, seguiría siendo el Simón de siempre.

Mis prioridades cambiaron radicalmente al pisar la Gran Manzana y el erotismo cobró una nueva dimensión para mí. Primero, porque ser atractivo para alguien es lo más parecido a sentirte aceptado en la nueva ciudad y acabas confundiendo sexo con integración y pertenencia. Suena triste, pero es bastante diverti-

26

do. Segundo, porque aunque parece la ciudad del intercambio de ideas, razas y clases, en la que todo fluye y es posible, no es exactamente así y uno termina sin darse cuenta en una parcela bastante reducida de la población, en una especie de gueto indetectable.

Cuando entiendes que el motor de esta ciudad es el dinero y que tú solo puedes conseguirlo trabajando, tus amistades acaban teniendo siempre una recámara de interés profesional. Es difícil que alguien que no sea periodista o esté relacionado con el mundo de la cultura (sobre el que yo escribía en aquella época) encuentre *rentable* establecer un vínculo amistoso contigo. La cerveza de la tarde se llama *afterwork*, los actos sociales son *fundraising* que recaudan fondos para un proyecto y las fiestas temáticas son de *young professionals*, es decir, gente joven con estudios y trabajo. No vaya a ser que te enamores de un frutero y el sistema te dé la espalda. Suena triste, y es triste.

Una vez que asumí eso, la única opción que tenía a mi alcance para asomarme a otras galaxias neoyorquinas resultó ser el sexo, o al menos, el flirteo. En una dinámica social tan interesada, solo los designios más incontrolables de la carne conducen a lo diferente y a lo inesperado, dos conceptos sobre los que orbita el mantra de mi existencia y que me han dado tantos placeres en el corto plazo y tantos disgustos en el largo. La curiosidad se convirtió en mi mayor afrodisíaco. Y Bob se benefició y sufrió (o incluso pagó) por ello.

Profesor de informática de unos cuarenta y cinco

años, tenía muchísimo espacio en su casa, que él mismo había comprado en la época en la que el barrio era muy peligroso, una gran cocina y una azotea con vistas al *skyline* con las que me conquistó. Además, me llevaba a Manhattan en un descapotable, lo cual significaba cruzar los puentes de manera épica. La primera vez que nos acostamos me dijo que siempre que le gustaba alguien mucho no tenía erección la primera noche. Y así, digamos que perdió su única oportunidad, porque a partir de ahí fui yo el que no podía decir que «siempre que alguien no me gusta, no puedo tener sexo con él aunque lo intente».

Al margen de nuestra ausente química sexual, lo cierto es que nos entendíamos muy bien y eso, no solo el descapotable, hizo que yo me negara a vislumbrar el inevitable final. Fuimos al cine un par de veces, a cenar otras tantas, charlábamos hasta el amanecer. Yo seguía abierto de par en par a contarle mi vida y mis sensaciones a quien se me pusiera delante y eso parecía resultar muy fértil amatoriamente en la jungla de asfalto. Con él comenté mi inquietud sobre el concepto de la amistad en Nueva York, cómo veía que la gente estaba ávida de amigos y cómo no entendía que Laurie, mi *roommate*, estuviera siempre sola. Y Bob me explicó que en esta ciudad a un amigo le puedes contar hasta dos veces el mismo problema (y en menos de un mes Laurie ya me lo había contado cuatro), pero que a partir de la tercera ya no te queda otra que irte con tu cantinela a un terapeuta o tus amigos empeza-

28

rán a dejar de serlo. Entonces me acordé de que cuando buscaba piso vi unas extrañas advertencias en muchos anuncios de alquiler de habitaciones que decían «*no drama, please*». Los amigos, al parecer, tampoco quieren drama.

Otra peculiaridad que me contó Bob y enseguida experimenté es que la gente se cansa de despedirse de otra gente. Es decir, que la fiesta de despedida nos había unido, pero que él asistía ya a ellas con una actitud aséptica, aplicando el principio de que un caso es tragedia pero miles son estadística. Uno llega con ganas de formar un círculo amistoso sólido, pero al enésimo desmantelamiento del grupo de amigos, se asume el destino no amistoso del neoyorquino. Este desapego favorece la cadena de producción (pues todos acaban volcándose en el éxito profesional) y genera una notable histeria por encontrar pareja para no abocarse a la soledad, a la pobreza emocional (lo cual también genera otra cadena de producción en sí misma) y al eterno piso compartido. Vamos, que la amistad acaba siendo algo improductivo en los códigos de Nueva York y, por tanto, irrelevante. Mejor tener perros, como Adam. Y si se mueren, te compras otros.

Sin embargo, en una de esas cenas, en concreto en un japonés del East Village, yo le planteé a Bob otra cuestión que nos afectaba más y que fue la introducción a nuestra ruptura: le confesé que a menudo iba por la calle y sentía deseo hacia muchos otros hombres que no eran él. Bob, que se las sabía todas, me dijo:

29

—Esto es Nueva York, iba a pasar en cualquier caso, como mucho, en seis meses. No me parece un problema. Yo mismo he tenido sexo esta mañana en las duchas del gimnasio.

Y allí salió, por primera vez en mi camino de chico sin mente sentimental innovadora, el concepto de pareja abierta. A pesar de la derrota que mi recién estrenado apetito suponía para él como hombre atractivo sexualmente, se le iluminó la cara pensando que la nuestra podía ser una relación sin ataduras sexuales casi desde el principio. Y yo, un poco aturdido, decidí que por qué no intentarlo..., hasta que vi que un fuet era mayor reclamo que estar con él y a la vez Bob empezaba a proponerme unas vacaciones juntos en Australia que yo no podía permitirme y que no quería ni en pintura. Por primera vez utilicé la fórmula estadounidense para decir que no: «*I don't think that is a good idea*» y concluí que tenía que dejar las cosas claras de inmediato y sin paños calientes. Me pidió una última cena y me llevó, apelando al alfa en pleno omega, al mejor restaurante griego de la ciudad. Hablamos de manera muy razonable y él, pese a ser el agraviado, pagó el banquete de 200 dólares (para mí dos días de trabajo, para él una hora de clase), que, es verdad, desvió mi atención de todo lo demás.

—Quería cenar contigo para decir adiós a un cretino pero me voy pensando que pierdo un ángel —me dijo después de un encuentro tan agradable como todos los demás.

Yo desplegué mis alas y salí volando, aunque no me quedara una sensación precisamente angelical sino bastante prostibularia y abusadora. Bob me siguió escribiendo de vez en cuando, me mandó invitaciones para algún espectáculo de flamenco y hasta quedamos para que me enseñara las fotos de su viaje a Australia, pero intenté ser coherente y no dejarme agasajar para acabar en ese mismo apartamento obnubilado por las vistas y abriendo la nevera en busca de una erección.

De mi minirrelación con Bob saqué una conclusión muy clara. Maticé el mito de que en Nueva York nadie quiere pareja y todo el mundo hace una apología de la individualidad. Ahí estaba yo, al mes de haber llegado, con mi primera seudorruptura y afrontando una intensidad y una culpa algo desproporcionadas. Igual que los estadounidenses llaman «retos» (*challenges*) a todos los problemas, yo en este mito neoyorquino cambiaría la palabra «individualidad» por «soledad». En solo un mes, ya me había cruzado demasiadas veces con ella. Y dos de mis amigos que iban floreciendo entonces, uno catalán y otro cubano, ya expertos en el tablero de juego y los códigos de conducta sentimentales, me fueron dando pequeños consejos al respecto.

Roger me acusó de ser demasiado caballeroso, cuando aquí nadie se toma la molestia de dar explicaciones ni de quedar para romper. Lo habitual es que vayan dando largas durante unos días hasta que al final dejan de contestar las llamadas y entran en lo que se ha acabado por etiquetar como *ghosting*, un fenómeno que

31

incluso fue objeto de un artículo en el *New York Times* al hilo de que era lo que Charlize Theron le había hecho a Sean Penn. Tuvo tanto éxito el reportaje y generó tantas reacciones por parte de víctimas y verdugos de esta práctica que la edición *online* del periódico publicó una segunda entrega con los sufrimientos de unos y las justificaciones de los otros.

Tengo que reconocer que, al principio y también en otros niveles ajenos a las relaciones de pareja, lo que más me gustaba de Nueva York era que, al contrario que en España, uno no tiene que dar muchas explicaciones en general. «Te invito a una fiesta. ¿Vienes?» «No, no puedo.» Y no hay más preguntas, señoría. Nada de: «Pero venga, hombre, que no nos vemos nunca, que así ves a fulanito…». Nada. La contrapartida es que cuando pides ayuda también te responden «No, no puedo» y entonces te toca a ti no insistir. Pero en ese momento de juventud en flor y salud de hierro, el no tener que dar explicaciones me parecía una costumbre tan llena de ventajas que pensaba empezar a aplicarla cuanto antes.

El segundo diagnóstico vino de Carlos, mi amigo cubano, cuando me advirtió de que yo estaba rompiendo todos los protocolos. Que con mi hiperrealista teatro emocional y conversacional para compensar mi relativo desdén sexual, y con mi costumbre de quedarme a dormir en casa de un amante e incluso de cocinar en sus casas (en la mía no me atrevía), estaba amasando lo que definió como un *wedding material* (algo así como «carne de matrimonio») que un neoyorquino traducía en planes de futuro con casa, niños, jardín y perro. O, en su defecto, viajes a Australia. Parecía que mi proceder de niño bueno a la española, combinado con mi recién estrenada promiscuidad neoyorquina, era una bomba de relojería.

Pero, aun así, la pregunta procedía: «¿Cuáles son, entonces, los protocolos? Y, sobre todo, ¿por qué aplicar protocolos al amor y al sexo?». En busca de respuestas, me dispuse a escribir un artículo sobre las fórmulas y el lenguaje de las citas en Nueva York. Y me di cuenta de que, efectivamente, la batalla estaba perdida. Aunque en el mundo gay el sexo sí suele ser lo primero en ocurrir, luego se entra en un territorio de tanteo emocional en el que conviene no cambiar los órdenes, en el que la rapidez en contestar los SMS tiene un significado, igual que el día de la semana que uno reserva para encontrarse con su amante (cuanto más cerca del fin de semana, más importante parece la relación). Digamos que hay amantes *prime time*, amantes de relleno de programación y amantes limítrofes con la carta de ajuste. Y cada franja horaria diaria o cada grado de veteranía tiene sus reglas. No vale, entonces, decir sí a la cocina y no al sexo. De paso descubrí que como aquí el lema es que hay que hacer negocio de todo, ya habían proliferado una especie de asesores o *coach* para organizar estas citas. Uno de los que entrevisté durante mi investigación periodística me soltó perlas como esta:

33

—La mayoría piensa que el amor es algo que llega, pero no es así. Es una habilidad. Mucha gente trabaja mucho pero no dedica el tiempo necesario a sus citas. Y las citas son un músculo que hay que entrenar.

Pues venga. *Work out!*

CARLOS

*C*uando uno se va a mudar a una ciudad como Nueva York, la frase que más escucha no es «Te echaremos de menos» o «Mucha suerte». Es: «Pues yo tengo un amigo viviendo en Nueva York, te voy a pasar su contacto».

Cuando quedé con Carlos por primera vez pensé: «Pero ¿a quién se le ha ocurrido que este chico y yo podemos llegar a entendernos?». Cenamos en un restaurante peruano que, a partir de entonces, sería uno de nuestros centros de operaciones, el Pio Pio del Upper West Side, y para superar el *shock*, me pedí el plato más caro de la carta: una corvina que estaba exquisita. Así andaba yo, afiliado a la facción modosita de la homosexualidad, incapaz de dar crédito ante aquella reinona cubana mulata que rondaba los cuarenta años, me trataba en femenino, me contaba que había estado en una orgía de negros pero que se había aburrido porque «con esas pasivas que se dejan penetrar sin condón no se puede competir», y que, cuando en mitad de la cena fue interrumpido por una llamada telefónica, explicó:

—Estoy en el Pio Pio con Simón. Una loca española divina, regia, sofisticada, que acaba de llegar a Nueva York.

«Pero ¿cómo se atreve?», pensé, y, de nuevo, ante el estupor, acabé pagando yo la cena, y él, que se había entregado a fondo sacando un amplio repertorio de filias españolas, desde Sitges y Maspalomas a Isabel Pantoja y la entonces princesa Letizia, no opuso ninguna resistencia a la invitación ni pronunció eso tan español de «Bueno, pues la próxima pago yo».

Al igual que le sucedió a Roberta, la redactora de moda italiana, Carlos tuvo la sensación de que pasamos una noche estupenda a pesar de que yo apenas abrí la boca. Me contó su vida y obras, centrándose en sus catorce años en Nueva York y su consiguiente nacionalidad estadounidense. A partir de entonces, me sumó a su lista de *email* para las noticias interesantes que él encontraba cada mañana en Internet mientras corría en la cinta del gimnasio y me invitaba a todos los planes que hacía, aunque no tuvieran aparentemente nada que ver conmigo. Como trabajaba en la ONU, compensaba así el tiempo que pasaba calentando silla. Un día, en plena rueda de prensa sobre la entrada en bolsa de una empresa española, me empezaron a llegar fotos de negros caribeños semidesnudos y erectos bailando en la barra de un bar.

«Tienes que conocer el No Parking. Los miércoles hacen fiestas con unos negros imponentes», fue su mensaje. Y yo me pregunté: «¿Acaso no me he explicado con claridad?». Era evidente que no.

36

Sin embargo, la semana siguiente me tocó ir a cubrir la actuación de Raphael en el Beacon Theatre, y Carlos y yo volvimos a cenar en el mismo sitio. Había pensado que, ya que a mí no me hacía especial ilusión el concierto, debía ir con alguien a quien sí le gustara de verdad y que me contagiara cierta pasión para escribir mi crónica. Carlos no solo aceptó al instante la invitación, sino que me pidió otra entrada para un amigo suyo y me preguntó si podía acompañarme durante la entrevista que le iba a hacer a Raphael antes de salir a escena para hacerse una foto con él. Y así lo hicimos. Le vi disfrutar tanto que empezó a producirme ternura y mi artículo quedó como si yo amara a Raphael con la fuerza de los mares y el ímpetu del viento.

Para cuando me tocó escribir sobre la gala de primavera del American Ballet Theatre, Carlos, como buen cubano, se presentó allí, esta vez pagando su entrada (comprada meses antes) y rodeado de locas *balletómanas*, también cubanas, que se sabían vida y milagros de cada bailarín y todos los entresijos de cada coreografía, y que luego informaban con todo lujo de detalles de la función a la Cuba embargada. Y en esa gala pasé de la ternura a la verdadera fascinación. La velocidad a la que lanzaban los datos, el nivel de erudición de las discusiones, las bromas cómplices con las que se reían a carcajadas y la manera de compincharse con una segunda mafia, la de los acomodadores latinos, me pareció como un microcosmos paradisíaco. Ese día escribí mi pieza sobre ballet como si Carlos

37

fuera un ventrílocuo y yo su marioneta. Me llovieron las felicitaciones. Ni que decir tiene que a la semana siguiente estaba yendo al No Parking. Con las ideas tan claras y los valores tan firmes que había tenido siempre, empezaba a entender que mi identidad neoyorquina era, al menos de momento, puro mimetismo.

El bar estaba en los que para mí, hasta ese momento, eran los territorios ignotos de Manhattan. Todavía en el oeste, pero ya en Washington Heights, un barrio dominado por la población dominicana, en la 175 con Broadway, al lado de un restaurante caribeño abierto 24 horas con el que hacía un combo matador. Para Carlos era más cómodo porque vivía en el Bronx y, con su calendario de la ONU, aprovechaba para ir cada vez que coincidía alguna festividad judía o musulmana que solo es día no laborable en los organismos internacionales. Fue el primer local que conocí en el que a los hombres nos cobraban cinco dólares por entrar y a las mujeres siete. Y el primero en el que, una vez dentro, con tanta piel negra, no veía absolutamente nada: solo dientes. Luego la vista se me fue aclimatando y, ¡madre mía!, qué cuerpos, qué caras…, qué de todo. Con el reguetón a toda pastilla, con ese gogó que llevaba el pene ultrahinchado en una especie de redecilla de ganchillo con la bandera americana y viendo a Carlos en su salsa, el No Parking resultó para mí de un exotismo irresistible. Lejos de la sordidez, allí se respiraba una cordialidad, una diversión sana y espontánea, y un entendimiento natural de la sexualidad que me hicieron sentirme cómodo, aceptado y en casa. Hasta le puse un dólar en el tanga a alguno de los bailarines. ¿Habíamos dicho mimetismo?

Tras darlo todo durante unas horas en la pista de baile, antes de irme intercambié teléfonos con el que, desde el principio, me había parecido el más guapo del garito.

—Veo que te gusta la carne de primera calidad y eso solo trae problemas —fue la sentencia de Carlos, que era más partidario de los bajitos, gorditos («morruditos», los llamaba él) y peludos que de las esculturas de ébano.

Estas, al contrario que las decorativas de Adam, a mí sí me gustaban.

Fue mi primera noche de fiesta hasta altas horas de la madrugada, con recena de sancocho en el restaurante anexo incluida. Así, con la tripa llena, la hora y media de metro hasta mi casa en Brooklyn daba mucha pereza…, tanta que me quedé dormido casi *ipso facto* en cuanto me senté en el vagón y aparecí en el aeropuerto JFK, ya con la luz del sol. Para cuando llegué a casa, a las ocho y media de la mañana, Laurie ya estaba con el café y leyendo el *New York Times*. Aún estaba eufórico por el descubrimiento y, cuando le hice las primeras descripciones, me dijo:

—Justamente acabo de leer sobre ese sitio en el periódico.

Y me enseñó un artículo sobre la epidemia de meningitis entre la población homosexual de Nueva York, que precisamente se estaba cebando con el colectivo afrolatino, por lo que, con lo que son en este periódico de geolocalizar sus crónicas y de utilizar la técnica «de lo particular a lo general», esta historia comenzaba en la misma barra y en la misma pista de baile en las que acababa de entregarme a fondo.

Así que esa vez fui yo el que le propuso un plan a Carlos: ir juntos a ponernos la vacuna de la meningitis y, después, a una *happy hour* en el Upper West Side con otros amigos suyos cubanos y con Tomás, un científico español que había conocido yo en Grindr.

Tomás y yo habíamos pasado a la amistad sin previo peaje sexual porque a él le gustaban las clases altas y a mí las bajas, pero aun así formábamos un buen equipo. Fue él quien propuso, después de aquella primera sesión de inyecciones, que cada tres meses quedáramos para tener nuestra «cita con la vida», así la llamó, o lo que es lo mismo, para las pruebas del VIH. Y así lo hicimos a partir de ese día, como si fuéramos los Tres Mosqueteros.

También debió ser por entonces cuando empecé a darme cuenta de que, a diferencia de los hábitos que tenía en Madrid, en Nueva York estaba configurándose una dinámica social exclusivamente homosexual y, en consecuencia, una fuerte identificación con lo gay que para mí era desconocida. Quizá porque la manera de conocer a mucha gente pasaba por manejar las aplicaciones, quizá por ese sentimiento de pertenencia que el sexo generaba en mí o quizá porque había llegado el momento de asumir que en España, aunque nunca tuve problemas para asumir mi sexualidad, sí me había quedado un prejuicio sobre el colectivo que desapareció al llegar a Nueva York, sobre todo cuando conocí a Carlos, con su expresividad tan barroca y desinhibida. Quizá porque Nueva York es más avanzada en el terreno homosexual y ofrece un menú más amplio de identidades gais, o porque su dinámica sentimental heterosexual es profunda y dolorosamente aburrida y encorsetada. Tal vez porque nunca como aquí había entendido lo necesaria, estimulante, enriquecedora, satisfactoria, sana y sabia que es la pura diversión. «Los gais estamos condenados al *fun*», era otra de las grandes frases de Carlos. Y, mirando a mi alrededor, me parecía la mejor de las condenas posibles.

41

Así confirmé el irrevocable proceso de divergencia entre el Simón que dejó Madrid y el Simón que se perfilaba en Nueva York. El que abría la dura grieta del emigrante, que ya no podrá volver a su país sin que no exista una parte de él que ya no se entiende o que ya no se siente en casa al volver a casa. Y eso es algo que sucede mucho antes de que uno considere el nuevo lugar de residencia como su verdadero hogar. Carlos decía que uno llega a la ciudad y crea «un personaje sin familia», y cuando tras la primera noche iniciática en el No Parking volví a Brooklyn y me puse a hablar con Laurie refiriéndome a mí mismo como un chico tranquilo, centrado y hogareño cuya meta era ser amo de casa, ella no pudo evitar decir:

—Pues no sé cuál es tu concepto de tranquilidad y de hogar, pero acabas de volver de un bar que es el epicentro de la meningitis a las ocho de la mañana.

Al momento entendí que la percepción que mi compañera de piso se había forjado de mí en esos primeros meses de vida neoyorquina no se correspondía en absoluto con la imagen que yo tenía de mí mismo, todavía lastrada con el peso específico que había arrastrado durante nada menos que treinta años.

Fue también reveladora mi constatación de que ser neoyorquino no significa absolutamente nada más que encontrar tu propio microespacio dentro de la infinita amalgama que ofrece esta ciudad. Y que no hay que integrarse en nada, porque Nueva York está bastante desintegrada en general. Cuando hice una escapada a Filadelfia para ver a mi amiga Heidi, que nació en Los Ángeles pero tiene orígenes egipcios, ella me dijo que, tras ser siempre la más atípica de las californianas, fue una bendición llegar a Nueva York y que la tomaran por puertorriqueña. «Al menos, parecía de un grupo étnico concreto», bromeaba. Así que, si a partir de ahora mi definición era «loca española, divina, regia y sofisticada», por mucho que no sintiera que se ajustaba a mi concepto de mí mismo, bienvenida era. Fuera prejuicios por un lado. Bien hallados prejuicios por otro.

DANIEL

*E*sa divinidad y esa realeza no venían, claro, de mis modales o mi actitud, tampoco mi supuesta sofisticación, sino de esa falsa percepción ajena que genera el periodismo cuando realizas entrevistas (de tres minutos) a Leonardo DiCaprio en hoteles de lujo o acudes a fiestas de cortometrajistas latinoamericanas con pisos en Tribeca, como aquella en la que conocí a Daniel, un belga que trabajaba de comisario ocasional para el MoMA y algunas galerías de arte de la ciudad. Como yo, pese al brillo de su actividad profesional y a sus viajes para asistir a ferias de arte en Brasil y en Singapur, Daniel tenía que salir todos los días impecable (en la acepción excéntrica neoyorquina del término) desde su guarida de renta baja en Bushwick, en un Brooklyn todavía más profundo que el mío. Un gran mérito el suyo también.

En aquella fiesta estaba reunida la flor y nata de la comunidad artística latinoamericana de medio nivel, y enseguida vieron que yo era el nuevo, por no decir el intruso. El interrogatorio no tardó en llegar. El primero que me abordó fue Milton, un artista que había nacido en Cuba y que, aunque había vivido toda su vida en España, explotaba el filón del embargo ante los marchantes estadounidenses. La jugada le estaba saliendo redonda. Sus cuadros estaban bastante bien, todo hay que decirlo, pero tenía la lengua viperina de quien sabe que el talento no es suficiente (a veces ni siquiera necesario) para triunfar en el bastante aleatorio mundo del arte contemporáneo de Nueva York, que hay que tener los ojos bien abiertos y un tacón de aguja para pisar cabezas con elegancia. Le expliqué un poco por encima mi situación y me dijo con tono desconfiado:

—Pues sí que has tardado poco en llegar aquí. —Y a continuación me ofreció de forma gratuita un discurso sobre el espinoso camino del triunfo en mi nueva ciudad—. Cuando crees que has alcanzado el éxito es cuando empieza el trabajo duro de verdad. Y si quieres tener vacaciones, ya puedes ir volviéndote a España.

Por extraño que parezca, Milton me cayó bien, y el tiempo me demostró que, a pesar de su veneno, tenía razón, que sus consejos eran tan buenos como los de Roberta.

Mi llegada a la fiesta fue fruto de una carambola, gracias a otra periodista que me reenvió la invitación porque ella no podía asistir y consideró que así me ventilaría un poco y podía ir haciéndome a la idea de otra de las caras de la ciudad. Conocí también al relaciones públicas de casi todos estos saraos, un mexi-

44

cano bastante encantador llamado Moisés, gran amigo del artista cubano. Él basaba su trabajo en fichar a esas personas con dinero y ganas de notoriedad, pero de dudoso talento, que necesitaban ayuda (y pagaban generosamente por ella) para cumplir su sueño bohemio en la Gran Manzana. Hijos díscolos de empresarios iberoamericanos que estaban allí matando el gusanillo de sus ansias de trascendencia artística.

Estas fiestas, a las que a partir de entonces siempre me invitaría Moisés, estaban llenas de gente guapa y se celebraban siempre en escenarios estupendos. Dado que gran parte de la misión de Moisés era conseguir que el sueño artístico de sus clientes quedara documentado en los medios y eso les diera una (falsa) apariencia de éxito, mi presencia tenía pleno sentido y mi rol estaba más que definido. Y yo aprovechaba esa excusa para colarme en lugares tan chic como aquel apartamento con una terraza en la que, después de varias conversaciones con unos y con otros, aderezadas con un fantástico sushi, recalé en Daniel.

45

Físicamente era como un querubín recién salido de un tratamiento de desintoxicación. Una cara angelical y unos rizos dorados atravesados por los excesos y los kilos de más. Tenía una mente tan brillante como delirante y, sobre todo, un buen corazón. Quiso impresionarme alardeando de que sabía que Goya era también de Aragón, como yo, pero se avergonzó cuando añadió: «Afortunadamente, tú no eres mudo como él», y se dio cuenta de que Goya en realidad era sordo. Pero bueno, a mí me suele engatusar, por pura coherencia interna, más el error que el acierto. De ahí pasamos a hablar en un terreno mucho más relajado, que tendía un puente entre nuestros dos países: Fabiola de Bélgica y sus evasiones fiscales. Y así de tontamente empezó a surgir el acaramelamiento. Él estaba bastante borracho pero muy divertido. Tras marcarnos unos pasos de baile y torear con la alfombra de cebra que casi cubría por entero aquel lujoso apartamento, nos besamos, tuvimos un poco de sexo *light* en el baño y, pese a ser ambos europeos, intercambiamos tarjetas a la americana, *you know*.

Al día siguiente, además de un mensaje en Facebook de Milton viboreando sobre si yo por fin había acabado con ese rubio o no, tenía un mensaje de Daniel en el *email* en el que me pedía formalmente una cita «al estilo *Sexo en Nueva York*», matizó. Es decir: desandar el camino presuntamente guarro del sexo en casa de la artista latinoamericana y empezar inmaculados con preguntas formales en un entorno más aséptico.

No fue exactamente así: quedamos en Williamsburg, que nos venía bien a los dos porque él tenía metro directo y yo estaba allí celebrando el cumpleaños de otra periodista. Daniel vino a recogerme, se presentó a la banda española, soltó un par de ocurrencias que todo el mundo celebró y me hizo que era un buen fichaje para presentar en sociedad. Cuando nos fuimos a tomar algo los dos solos, enseguida me preguntó si yo estaba a favor de las relaciones largas. Como dicen

que los latinos somos muy *high context* y los estadounidenses muy *low context*, es decir, que nosotros
sabemos leer entre líneas y buscar el doble sentido y
ellos lo entienden todo de manera demasiado literal,
yo respondí muy a la americana diciendo que claro
que estaba a favor, ¿por qué estar en contra? Pero Daniel estaba preguntando por algo que iba más allá y mi
respuesta le sonó a lo que quería oír.

Como de esta manera se convirtió en una *date* con
visión de futuro, esa noche no hubo sexo, mi yo español más mojigato lo agradeció, y la próxima invitación
fue ya en sociedad, en la inauguración de una galería
que sirvió para que me presentara a sus amigos. Estos
salieron echando pestes de la obra de la artista y, especialmente, de ese *catering* tan pobre que nos obligó a
buscar un sitio en el que llenar el buche. Sentados a la
mesa todos juntos estuvimos la mar de a gusto durante un buen rato. Daniel mirándome con ojos golositos
y yo a él, amenizados por ese círculo suyo, muy sim-
pático y muy internacional.

Aquella noche sentí el confort de estar acompañado por una persona con la que compartía el sentido del
humor, un detalle bastante importante en un país extranjero, donde tiendes a trasplantar tus chistes habituales y, lo que es peor, a traducirlos literalmente con
resultados catastróficos. Y donde incurrir en la incorrección política te puede costar un disgusto. Donde,
poco a poco, te vas dando cuenta de que te ríes con menos y menos frecuencia.

47

Por eso, en los primeros meses como emigrante, corres el riesgo de confundir el entendimiento lingüístico o la cercanía cultural con la conexión sentimental. De igual manera que sientes cierta gratitud, desde la inferioridad, hacia cualquier estadounidense que haga el gesto de integrarte en su círculo (para terminar confirmando, meses después y con sentido de culpa, que ese círculo, aun en su inglés perfecto, no te interesaba absolutamente nada), también hay una confusión en la familiaridad que, súbitamente, encuentras con alguien que proviene de tu mismo continente, para quien el inglés es también su segundo idioma y que no se rige por esas normas sociales que tardas tantísimo en entender. Nunca tuve la más remota concepción de ser europeo, ni siquiera de que existía una identidad europea distintiva, hasta que me topé, para bien y para mal, con el férreo rigor del pragmatismo estadounidense.

Con Daniel me lo pasaba muy bien, los dos éramos muy propicios a perder el tiempo con cosas poco importantes (pecado mortal en la cultura neoyorquina) e integrábamos con naturalidad lo impredecible en nuestras vidas. Sin embargo, la incompatibilidad de caracteres no tardó en asomar más allá del señuelo de europeidad. En nuestra tercera cita oficial, esa en la que, sí o sí, el sexo toca, el belga me invitó a cenar a casa de una amiga suya y su guapísimo novio peruano, que hizo gazpacho para mí.

Lo pasamos bien. Poco a poco, los anfitriones fueron pasando a un segundo plano mientras Daniel y yo compartimos nuestros vídeos favoritos de YouTube, que es una de las maneras mediante las que los *millennials* nos conocemos íntimamente. Hicimos el ridículo el uno para el otro bailando nuestras canciones favoritas. Pero también detecté demasiadas referencias a las drogas con excesiva naturalidad para mi rango de apetencias, que yo para esas cosas soy muy de pueblo y en eso no me podía mimetizar tan impunemente. Allí mismo se me rompió el amor (lo que habla también de la superficialidad y fragilidad del mismo) y me entró mucho sueño. Ante esto último, Daniel protestó de una manera tan absurda («Eres leo, tendrías que ser apasionado y lleno de energía») que acabó de rematar la noche.

Como la casa de su amiga estaba bastante cerca de la mía, la velada terminó en mi cama sin que yo diera con la forma de evitarlo. Tuvimos el que probablemente haya sido el peor sexo de mi vida, y eso es mucho decir. No fue su culpa, fue más la mía, porque empecé a sentirme tan ajeno a lo que presuntamente nos unía que enseguida vi muy claro lo que nos estaba separando. Tanto es así que la frase final que Daniel pronunció fue:

—Tenemos que aprender.

Una conclusión muy generosa para lo que acababa de suceder.

Yo, desde luego, tenía mucho que aprender pero en ese momento ya sabía que no quería aprenderlo con él. Volví a repetir, por última vez, la Operación Bob y quedé con Daniel para explicarle que aquello no estaba funcionando. Me llevó a un restaurante dominicano en el Lower East Side del que me dijo que le traía muy buenos recuerdos, un comentario que te hace sentir bastante mal cuando tú ya sabes que ese día no será recordado por su alborozo. Aun así, seguí adelante. Me escudé en mí ya caduco conservadurismo madrileño y le expliqué que nuestro rollo me estaba superando un poco, que prefería que fuéramos solo amigos. Él tuvo una curiosa reacción, entre el despecho y la comprensión. Me compadeció por ser tan poco abierto a ese tipo de disfrute, aceptó el cambio de estatus a amistoso («¿Tengo otra opción?», preguntó en el único momento dramático de la cena) y decidió pagar la cuenta en un gesto de deportividad. Segunda ruptura, segunda invitación.

Nunca fuimos amigos, solo nos volvimos a escribir con cierta sorna cuando murió la pobre Fabiola de Bélgica —una nueva bocanada de incorrección política—, y pronto caí en la cuenta de que, en el gran Nueva York, nuestros caminos estaban destinados a cruzarse varias veces, ya que esa misma banda que estaba en la fiesta en el apartamento de Tribeca se mueve casi en bloque por todas las inauguraciones de galerías y exposiciones, acuden a las ruedas de prensa de los grandes museos y a las ferias. Muchas veces, invitados o convocados por Moisés. Y nunca el encuentro superaba el saludo de ida y vuelta.

A eso hay que sumar mi propensión a las casualidades. Una vez, cubriendo para un diario deportivo el Open de Tenis —uno de los momentos más maravillosos que ofrece Nueva York al periodista—, tras flirtear unos minutos con Michael, un negro de origen haitiano guapísimo, empecé a atar cabos: no solo era el excompañero de piso de Daniel, sino un examante de mi amigo catalán Roger.

Cuando en una fiesta de Halloween, en la espléndida casa de Michael (que estaba casado con un actor), estábamos en la lista de invitados Daniel, Roger y yo (además, me llevé a Carlos), entendí que hay que tener mucho cuidado con cómo entiendes las libertades del anonimato neoyorquino, porque las carga el diablo. «Otra vez la sombra del pueblo se cierne sobre mí», pensé, aunque esta vez más desde la satisfacción que desde la gravedad. Empezaba a sentir no solo que empezaba a conocer bien la ciudad, sino que la ciudad empezaba a conocerme a mí.

51

EWAN

En nuestra segunda «cita con la vida», para empezar el verano con tranquilidad, mientras tapábamos nuestro inevitable nerviosismo con conversaciones de todo tipo, Tomás me habló de una red social que, en vez de citas al uso, lo que proponía para conocerse era un intercambio de masajes. Aunque se suponía que solo era para hombres homosexuales musculados, Tomás me aseguró que no eran muy estrictos con el desarrollo de la musculatura y que, en líneas generales, era como una cita normal pero en vez de quedar a charlar en una cafetería, te veías alrededor de una cama de masajes o sucedáneos, según lo que pudierais ofrecer tú y tu *partenaire*. Carlos, que había solventado nuestra media hora de retraso con un azafato sacado del Grindr que pasaba por ahí, aseguró que la propuesta le parecía demasiado rocambolesca y que a él le gustaban las cosas simples. Yo, más propicio a los preliminares y a los conceptos sorprendentes, inmediatamente me sentí atraído por esa nueva variante del cortejo amoroso.

Tras saber que los tres estábamos en buen estado de salud (siempre queda una mínima duda), nos fuimos a tomar un *brunch* por Hell's Kitchen. Y entre huevos revueltos y mimosas, yo no podía dejar de pensar en lo erótico que me parecía tener un cuerpo inmóvil a mi disposición para poder tocar a mi antojo. Todos los homosexuales pasamos muchos años viviendo nuestra sexualidad desde la mera observación y el tacto culpable, así que sonaba como un premio a toda mi carrera de *voyeur*. Por otro lado, la ventaja de ser erotizado como receptor del masaje sin tener que mover un solo dedo entroncaba con el lado más perezoso de mi sexualidad. Tomás me contó que también hacían intercambios grupales en un local de la Calle 47 con la Décima Avenida, pero eso me pareció ya un poco demasiado. Nada relajante, al menos.

53

Enseguida me puse, literalmente, manos a la obra con la opción individual y mi debut me pareció alucinante. Gracias a mi horario de *freelance,* pude quedar con un chico a las diez de la mañana para proceder a mi debut en el mundo del intercambio de masajes antes de ir a una rueda de prensa al mediodía. Cuando llegué a su casa, observé que tenía una camilla profesional, unas buenas cremas y hasta un disco de música relajante, con flautas orientales y todo el kit *new age*. Él me notó un poco nervioso y me propuso ser el primero en recibir: me desnudé, me tumbé boca abajo y me dejé hacer. Un rol pasivo en esta nueva variante sexual. Bastante ducho en ese arte de presionar, frotar, golpear y acariciar, el chico sabía exactamente dónde tocar para estimularme y, con lo caros que son los masajistas profesionales en esta ciudad, la situación me pareció una verdadera ganga.

Cuando me pidió que me diera la vuelta, yo estaba más que erecto y, tras cumplir educadamente con todas las partes no genitales del cuerpo, remató la tarea con un *happy end* que no duró ni dos minutos, porque yo estaba excitadísimo. Llegado mi turno, a pesar de estar ya resuelto, no perdí en absoluto el interés y sentí que esa fórmula erótica había sido creada a mi imagen y semejanza. La sensación de poder sobre el cuerpo desnudo, casi inerte, de aquel chico tan bien formado, con esos músculos perfectos, el lujo de recorrer y detenerme en cada rincón de su cuerpo, junto con el silencio sepulcral de ambos implicados, me llevó a apodar estas prácticas como una «necrofilia viva». Era de lo más placentera y, por mucho que dijera Carlos, simple y sin complicaciones. Ni me acuerdo del nombre del chico en cuestión, pero cuando rememoro aquella situación me viene a la cabeza algo que rara vez he conseguido asociar con el sexo, y menos aún con Nueva York: paz espiritual.

Antes de despedirnos, me interesé por saber dónde había aprendido a hacer masajes tan bien y me dijo que la propia red social ofrece unos cursos de formación en distintas disciplinas a los que me aconsejaba asistir. Le pregunté, por preguntar, qué planes tenía ese día, me contestó que iría a cambiar unas zapatillas que le hacían rozadura. Ante esa respuesta tan poco sugerente, terminamos la conversación y nos despedimos.

Repetí la fórmula masajística con otro hombre, me habló de una plataforma de esquiadores homosexuales, llamada Ski Bums, que me pareció muy graciosa (y la comprobación de que para todo hay un grupo gay en esta ciudad).

Comenté ambas experiencias con Tomás y nos propusimos ir los dos a uno de esos talleres, que costaban treinta dólares y que parecían tener un ambiente muy amigable, incluso te animaban a llevar comida. Cuando nos inscribimos recibimos un *email* tranquilizador (al menos para mí) que decía expresamente:

«Esto no es una fiesta sexual. Si alguien llega a un nivel de excitación suficiente como para eyacular, lo podrá hacer siempre que sea discretamente y sin salpicar al resto».

La política de estos encuentros quedaba resumida en un eslogan muy gracioso: «*No lips below the hips*» (Nada de labios por debajo de la cadera), que me quitó el susto.

Cuando llegamos al local donde se impartía el taller, ante nosotros había como veinte hombres, casi todos bastante atractivos y musculados, en camiseta interior y calzoncillos, que minutos después se desnudaron para empezar a *aprender* en mesas de cuatro, organizadas por un *profesor*. Me separé de Tomás, y en mi mesa fui el primero en recibir el masaje a seis manos. Muy obediente y confiado en las reglas, no lo entendí como algo sexual, pero al acabar me di cuenta de que a mi alrededor todos los *alumnos* estaban masturbando a otros o masturbándose, y me quedé un poco contrariado. En un momento tan poco romántico y pese a que yo no conseguía estar en predisposición sexual, distinguí en la mesa de al lado al hombre más guapo que había visto jamás. Tuvimos un cruce de miradas para derretir polos.

Finalizados los masajes con el grupo establecido, la dinámica se abrió al intercambio voluntario, y ahí que nos fuimos el uno hacia el otro. Entonces ya sí que empecé a disfrutar, aunque no era el único que había descubierto a ese bellezón y lo tuve que compartir con unos cuantos. Asumí que él se había dedicado a lanzar a discreción esas miradas conquistadoras solo para su mayor gloria, no como nada personal. Después de aquel encuentro, lo busqué en modo sicópata por las fichas de masajes de la red social: filtré la búsqueda por altura y complexión, y di con él. Descubrí que también estaba en otra red, no de esquiadores, sino de montañeros gais. Le escribí, pero pasó de mí.

Hasta que un día, después de hacer una entrevista a alguien que no recuerdo, me monté en el metro y sentí, sin venir a cuento, esa misma energía que me había provocado verlo. Miré dos veces al hombre que tenía sentado al lado y, sí, era él. ¡Qué cosas! Después de mirarnos durante dos estaciones, me decidí a hablarle, intercambiamos teléfonos y quedamos en vernos pronto. Yo cometí el error de darle mi verdadero nombre (estuve muy poco rápido), y no sé si porque ató cabos y me evitó, o por la simple ley de Nueva York de que cuando flirteas en esos términos tienes que rematar en un periodo máximo de veinticuatro horas, solo intercambiamos un par de mensajes un poco calenturientos, me mandó fotos de ese cuerpo desnudo que yo ya conocía (y tenía tatuado en mi memoria) para luego dejar de contestarme y desaparecer. Vamos, que me hizo *ghosting*.

La historia más memorable que saqué de esta red de masajes fue la de Ewan, un actor con el que quedé para un masaje uno a uno y con el que tuve una sincronía difícil de encontrar.

—No sé qué es, pero aquí hay algo. Deberíamos tener una cita pronto —me dijo al despedirnos tras la primera sesión.

Y yo, como casi siempre en esta era neoyorquina, no opuse resistencia.

Tenía unos cuantos años más que yo, alrededor de los cuarenta y dos, y su especialidad era el teatro de William Shakespeare. Era un buen conversador, también muy fan del piano bar Marie's Crisis y no especialmente intenso, como otros de su gremio que había conocido en España. Llevaba con bastante disimulo la tendencia narcisista de los actores aunque, como todos ellos, tenía que sacar dinero en el McDonald's, que es donde, no sin cierta mala leche, la Caja de Ahorros de los Actores ha decidido situar sus cajeros automáticos.

57

Tuvimos sexo el día del masaje, quedamos a cenar en otra ocasión en un sitio tan poco romántico como el Eataly, en pleno Flatiron District, una tarde que hacía muchísimo frío, y ya, a la tercera cita, lo invité a cenar en mi casa. No estaba Laurie y me animé a prepararle un buen *risotto* con setas. Un gesto que, como ya me había advertido Carlos, era casi la previa a sacar el anillo de compromiso. Para más inri, en medio de la cena, le dije que al día siguiente le quería llevar a desayunar a un sitio bonito al lado de mi casa, sin darme cuenta de que estaba dando por hecho que se quedaría a dormir. Ewan me miró y me dijo, agradablemente perplejo:

—Me gusta cómo piensas.

Cuando después de tomarnos la velada con calma, fregar, recoger y enseñarle la azotea del edifico nos fuimos a la cama, él se puso muy serio y me dijo que debía decirme algo.

—Yo siempre necesito tener sexo seguro.

—Yo también —le respondí pensando con mentalidad americana *low context*.

—Ya, pero lo que quiero decir es que soy seropositivo.

Por supuesto, se hizo un silencio, pero le pedí que me explicara exactamente a qué se estaba refiriendo. Me contó que se lo habían detectado en el año 1992 y que, en esos momentos, el virus era indetectable gracias a la medicación. Yo, como persona que nació y creció en los años ochenta, luché en cuestión de minutos contra ese viejo prejuicio de que con un beso de una persona con sida ya te has muerto y recoloqué de manera racional las cuestiones «sida no es lo mismo que VIH», «no has tenido prácticas de riesgo» y «acaba de decir la palabra "indetectable". Así que, de manera igualmente racional y por mi impulso natural hacia el desprotegido, esa noche tuvimos una relación sexual normal, muy satisfactoria, con todas las precauciones del mundo, y a la mañana siguiente fuimos a desayunar al sitio bonito que le había propuesto. Ewan, ya para entonces muy intenso, me agradeció mi reacción por activa y por pasiva, de viva voz y por mensaje. Curiosamente, nunca más volví a verlo: fue él quien hizo, como buen actor, mutis por el foro.

Mis prejuicios contra los actores arreciaron pero mis prejuicios con el VIH vivieron una necesaria actualización. Ewan desapareció porque salió de gira con una producción de *Mucho ruido y pocas nueces* (precisamente), y hasta que no la terminó tres meses después no volvió a dar señales de vida. Lo cual hizo que, pese a mis buenas intenciones iniciales, no le diera más bolilla cuando él pretendió retomarlo sin más. Pero me obligó a entender la relación tan peculiar que tiene Nueva York con el virus.

Observé con interés las reacciones protectoras por parte de mi entorno e incluso de mi psicoanalista (que me atendía por Skype desde Madrid y vio cómo mi terapia pasaba de un conflicto de tedio sexual a un auténtico *reality* al que estaba enganchadísima). Sentí

59

pena por el estigma que todavía arrastraba el infectado, por mucho que hoy sea más seguro tener sexo con un portador del virus en tratamiento que con casi cualquier otra persona del mundo.

Ewan me explicó que estuvo dos años sin sexo cuando se lo detectaron y que poco a poco fue retomando una relativa normalidad, facilitada cada vez más por los avances médicos y la aparición de los antirretrovirales. Él aseguraba que ya llevaba una vida como la de cualquiera y que el seguro le cubría casi todos los gastos. La reacción de mis confidentes fue, con escasas variaciones: «Te lo podría haber dicho desde el principio, ¿no?». La siguiente «cita con la vida» acompañado por Carlos y Tomás fue para mí la más tensa de todas hasta la fecha, aunque me daba cuenta de que, objetivamente, Ewan no había hecho nada que me pusiera en peligro.

Carlos fue el único que me apoyó en la decisión de darle una oportunidad y no sobredimensionar la importancia del virus si estaba bien tratado y si tomábamos las medidas necesarias. Y me explicó cómo Nueva York, por debajo de la herida del 11-S, tiene la cicatriz todavía no del todo seca de la epidemia del sida, que mermó a toda una generación de homosexuales y que marcó la dinámica de una ciudad que, aun liberadísima sexualmente, apenas tiene todavía hoy saunas oficiales ni cuartos oscuros, por mucho que proliferen las orgías y que cada baño turco de casi cualquier gimnasio tenga sus momentos de actividad homoerótica clandestina. Como para mí ni las saunas ni los cuartos oscuros eran lugares que frecuentara en el ocio madrileño, apenas había notado la diferencia a ese respecto. Y viniendo de una generación (o de una educación) en la que el preservativo es condición *sine qua non* para el sexo fuera de la pareja, me caí del guindo al ver que el VIH pasaba por mi vida tan cerca y entendí que vivía en una ciudad en la que el sida había tenido un efecto devastador sobre gente que era igual que yo y hacía lo que yo estaba haciendo, solo que treinta años antes.

Unos meses después, poco antes de mi primer Orgullo Gay en Nueva York, como periodista tuve la suerte de estar presente en la rueda de prensa de Edie Windsor, la adorable anciana de ochenta y cuatro años que consiguió tumbar la Ley de Defensa del Matrimonio en Estados Unidos y, por tanto, que se reconocieran a nivel federal los derechos del matrimonio homosexual.

Su gesta partió de la discriminación provocada por los impuestos aplicados a la herencia que le había dejado su esposa Thea Spyer. Como su matrimonio no había sido reconocido, Edie Windsor no recibió el régimen fiscal de una herencia familiar y tuvo que pagar 300.000 dólares más del impuesto que hubiese tenido que pagar como esposa de la fallecida. Y su pelea legal por ese dinero acabó provocando un efecto dominó que derribó el derecho de cada estado de Estados Unidos a decidir si reconocía o no el matrimonio igualitario.

Aunque el discurso de Edie Windsor llamando a

61

la necesidad de no ser intolerante ni con los demás ni con uno mismo justificaba por sí solo la emoción que me provocaba, su logro me conmovía de una forma que no lo había hecho cuando sucedió en España. Unos días después cubrí el desfile del Orgullo y entrevisté a los supervivientes de aquel primer desfile de 1970, que llegaban ya setentones, exhaustos y emocionados al Stonewall, el bar en donde empezó todo. Y me sobrecogieron también sus lágrimas.

—No sabes todos los amigos que hemos perdido en el camino. Somos apenas veinte, y cientos de nosotros murieron. Nadie sabía por qué ellos sí y nosotros no —me dijo uno de los participantes.

Y me sentí más agradecido, más comprometido con su lucha y más hedonista gracias a ella. Una lucha que, quizá por primera vez, sentía también como mía.

Así, en este auge de sentimiento comunitario y a pesar de lo poco boyante de mi economía, me apunté como voluntario a la organización Gay Men's Health Crisis (GMHC), la misma que salía en aquella película para la televisión, *The normal heart*, con Mark Ruffalo y Julia Roberts, y que en los años ochenta llegó a presionar a Ronald Reagan para que rompiera, aunque tarde, su silencio y su negligencia ante la epidemia. De ese voluntariado no pude sacar ningún reportaje, porque las historias quedaban en un plano confidencial. Pero entendí varias cosas que nada tenían que ver con la enfermedad. Por un lado, la falta de expectativas del estadounidense respecto a un Estado que nunca los ha amparado, y la otra cara de esa moneda: la fuerza de las organizaciones no gubernamentales para luchar por las causas y su labor impagable en el ámbito del servicio social.

También entré en contacto con una parte muy solidaria de la ciudad que no tiene que ver con el derroche filantrópico del millonario que sustenta el arte, sino con una clase humilde que empatiza por estar bien cerca del problema, la mayoría afroamericanos y latinos. Me di cuenta de que sí existe una mecánica de ayuda social potente, aunque solo está disponible para los pobres de solemnidad, y conocí también a gente consagrada al servicio social que renuncia sin aparente amargura a esa Nueva York que atrae los sueños del mundo entero. Nunca más volví a decir que era pobre, porque el rostro de la pobreza era otro muy diferente al mío. Un rostro que, para una persona que venía de un país con una clase media dominante, era impactante y dolorosamente numeroso. Los locos y los mendigos del metro eran solo la punta del iceberg. Pero mientras hacía algunas llamadas a los pacientes para asegurarme de que se tomaran su medicación y ellos me utilizaban más como un Teléfono de la Esperanza para contarme sus vidas, el pensamiento que pasaba por mi cabeza era: «Qué difícil es haber nacido y crecido en este país». Yo, aunque luchaba con el idioma y con una sociedad que no era la mía, tomé conciencia de mis privilegios por haber llegado a Nueva York ya superada mi etapa de formación. Contaba con la posibi-

63

lidad de, por ejemplo, ir al médico en mis viajes a España, llegaba equipado con una educación gratuita, sin los ahogos de un préstamo de miles de dólares en estudios como el que tenían mis coetáneos neoyorquinos o sin fundirme la herencia de la abuela, que es lo que hacía Laurie para sufragar su experiencia lejos de casa. En un país sin clase media, aquellos que no son ni los más brillantes ni los más pobres, acaban pagando por sus estudios casi lo mismo que por una vivienda. Eso, en el caso de que vengan de una familia que les inculcó el valor de la educación. Si el plan no sale bien, como a muchos nos había sucedido en España, las alternativas no son tanto ampliar horizontes y probar suerte, lo que estaba haciendo yo en ese instante, sino acabar arruinados y excluidos, con la etiqueta del perdedor.

Así, ayudando a los más necesitados, vi que existían muchas posibilidades de que ese hubiese sido mi destino si hubiese nacido aquí. Que la adaptación a la americana del españolito medio estaba más cercana de esa realidad que de aquella sobre la que yo informaba. Y entendí la lucha del estadounidense normal al que las cosas no le salieron del todo bien. El lado tercermundista del país más poderoso del mundo.

FRED

*C*on ese recién descubierto sentimiento de adhesión al colectivo homosexual y una empatía por las causas sociales más acentuada, ese verano estuve especialmente emotivo y sexual. Se me iba recalentando el corazón. Con tanto viaje a GMHC, que estaba en la Calle 33 con la Décima Avenida, varios de mis amantes no salieron ni del Grindr, ni del Scruff ni del Adam4Adam o el OK Cupid, sino de otro tipo de red: la del metro de Nueva York. Al más puro estilo de la película *Shame*, tanto con los aprietos de las horas punta como en la holgura de las intermedias, afiné mejor mi radar o los sujetos de mi interés estuvieron especialmente abiertos a la seducción subterránea.

El primero de todos fue Vicente, un venezolano que se bajó en la misma parada y que, en el andén, me echó una mirada penetrante que tuvo su consecuencia en un encuentro carnal igualmente penetrante en su casa. Tenía un cuerpo precioso, una telenovela instalada en la dicción que encendía mi lado pasional y un movimiento de caderas espectacular. La cosa quedó allí, pero luego hemos coincidido tantas veces por el barrio o incluso por el centro de Manhattan que alguna que otra vez nos hemos rendido a la fuerza del destino. Él siempre dice que estamos condenados a encontrarnos.

También salieron de un vagón Ken, que de buena mañana empezó a acariciarse el pantalón mientras esperábamos a la siempre desesperante línea C, y un chico afroamericano con el que me di un par de besos en el tren y nunca volvimos a encontrarnos.

Superado ese furor por el transporte público veraniego, conocí en Internet a un hombre mucho más otoñal que me llevó a pasar muchas horas en el transporte público, pero no con él, sino yendo a su casa, que estaba en las proximidades del aeropuerto JFK. Se llamaba Fred y tenía ochenta y un años. Quizá bajo el influjo de esos supervivientes del primer Orgullo Gay que me dejaron algo marcado, cuando recibí un mensaje en la página de contactos GayRomeo echándome un par de piropos de lo más ilustrados, me animé a contestarle. Le dije que no quería tener sexo con él, que eso tenía que quedar claro, pero que no podía evitar sentir una tremenda curiosidad sobre su vida y sobre cómo se desenvuelve un homosexual de la tercera edad en el mundo virtual y real de hoy. Tras varias conversaciones con un alto nivel de ternura e intelectualidad (había sido arquitecto y tenía un bagaje cultural espectacular) me dijo que, siempre y cuando tuviera una parada de autobús cerca, podíamos quedar en Manhattan para conocernos por fin. Como no sabía cómo iba a reaccionar yo y no quería dejarlo tirado si me daba por salir corriendo, sin que sirviera de precedente le propuse quedar directamente en su casa de Queens, en Flushing Meadows, allí donde solo parecía suceder el US Open.

Tras más de una hora y cuarto de metro llegué a su edificio, pregunté al portero por su apartamento y subí en el ascensor. Al llegar me abrió la puerta él, un hombre muy alto a pesar de la mengua que provoca la edad, con unos ojos azules muy emocionados por las circunstancias y dispuesto a prepararme unas costillas de cordero al horno para cenar, pues en algún momento habíamos hablado de que yo era de Aragón y aún no había encontrado un buen ternasco en Nueva York. La escena, conceptualmente, me enamoró y bajé la guardia para disfrutar de una velada en la que intuí mucho que descubrir.

Fred no solo era un homosexual octogenario, sino que además había salido del armario a los setenta y cinco años. Para mí, siempre en duda entre la correspondencia del deseo y la acción, ese dato despertaba muchísimas preguntas. ¿Qué lleva a una persona a apostar tan fuerte por su identidad sexual cuando ya no se le levanta?

—En realidad, yo fui consciente de mi homosexualidad desde el primer momento pero nunca me atreví. No fue hasta hace seis años cuando mi mujer me preguntó si era homosexual y tuve que contestarle que sí —me dijo visiblemente poco orgulloso—. Me digo a mí

67

mismo que, por lo menos, si hubiese salido del armario en mi juventud, lo más seguro es que habría muerto de sida —bromeó.

Su mujer, sus hijos e incluso sus nietos le habían animado a reconocer su propia sexualidad al ver que, de otra manera, el acto de valentía nunca llegaría y, como Fred era tan sumamente adorable, querían que disfrutara de algo de libertad aunque fuera en sus últimos años.

Y ahí estaba él, viviendo solo pero sin transmitir ninguna soledad, con su casa perfectamente limpia, valiéndose por sí mismo y preparándome la cena mientras me relataba cómo había vivido obsesionado por su hermano, que murió en la Segunda Guerra Mundial y con cuya imagen idealizada siempre compitió, y cómo nunca había dado salida a su deseo sexual real ni siquiera a través de una doble vida, sino simplemente desde la barrera de la observación y lo platónico. Reconocía que su cobardía no era la de unos tiempos opresores, pues en la universidad vio cómo muchos compañeros de Arquitectura vivieron en relativa libertad su homosexualidad. Simplemente, decía, no había sido capaz. Y me acordé de tantos compañeros de mi generación que, a pesar de tener ya casi todo a favor, siguen atrapados en un armario por culpa de un pánico íntimo que los demás no tenemos más remedio que respetar.

Fred pasaba los días leyendo, visitando los museos, especialmente el Metropolitan, y escuchando música clásica. De alguna manera, transitando con tiento por su adolescencia senil. Aunque casi nunca llegaba a tener una erección ni a eyacular, sí sentía cierto placer al masturbarse y había recurrido a la prostitución para descubrir el sexo con otro hombre, pero desde entonces, aunque había tenido un pequeño «rollo», no se le habían presentado muchas oportunidades de tener un erotismo placentero.

—Sé que no suena bien, pero no me gustan los señores de mi edad y, en cualquier caso, tampoco sé muy bien cómo conocerlos, así que me paso la vida fantaseando y, de vez en cuando, viene alguien como tú a verme y paso un rato agradable, aunque no haya sexo. Por alguna razón, siempre llega un momento en el que dejan de venir aquí sin avisar.

69

Quizá debido a la coherencia total que tenía con sus tiempos vitales invertidos, no asomaba por él ni una sola sombra de viejo verde, lo cual me produjo un agradable desconcierto.

Hablar con él era como escuchar un audiolibro de historia al que podías hacerle preguntas. Se refería a Frank Lloyd Wright casi como a un colega, pero sobre todo me sobrecogió ver a alguien totalmente perdido y burbujeante en el ocaso de su vida. No sabía si me producía angustia imaginar que seguiremos buscándonos a nosotros mismos hasta la muerte, o me asomaba cierta esperanza al concluir que la vida nunca descansa.

Con estas ideas dediqué mi hora y cuarto de metro

de vuelta tras nuestra primera cita a pensar en que, por increíble que parezca o precisamente por lo inverosímil de la situación, esa había sido una de las mejores *dates*, aunque sin sexo, en lo que llevaba en Nueva York.

Nos intercambiamos *emails* los siguientes días y él me dijo que se había quedado un poco azorado después de mi visita porque había contado cosas que nunca había compartido con nadie y con una naturalidad que prácticamente desconocía a la hora de abordar esa intimidad. Me impresionó su *email* y mantuvimos la comunicación más o menos fluida hasta el encuentro siguiente, que tuvo lugar a las dos semanas.

Esa vez llevé yo los ingredientes para hacer la cena y, de nuevo, estuvimos charlando varias horas. Así supe de las visitas regulares que le hacían su mujer, sus hijas y sus nietas al apartamento, de su antigua vida en el Upper East Side de los años setenta... Fred recordaba cómo todo el país enmudeció cuando mataron a John Fitzgerald Kennedy y cómo en los años sucesivos *enterró* a Juan XXIII, Martin Luther King o Malcom X. En lo personal, se remontó a su época en la residencia de estudiantes de Arquitectura y lamentó que su timidez llegara a ser enfermiza durante el servicio militar. Se puso a llorar.

Aquel día cometí el error de dejarme llevar por mi educación cristiana, imaginar que podía ser como Helen Hunt en *Las sesiones* y concluir que la manera de ayudarlo sería dándole, quizá por única vez en su vida, la belleza de un sexo delicado nacido de un momento especial. Que experimentara el placer que se negó durante años y pudiera catar una carne todavía tersa, tener un erotismo homosexual, si no con amor, sí con altas dosis de cariño. Si he conseguido retratar bien a Fred y la relación tan estrecha que establecimos, esta imagen debería resultar más inofensiva y hermosa que violenta y desagradable. Y, después de meses de sexo urbano despojado de emoción, puedo decir sin miedo que fue también para mí un acto no solo de generosidad, sino de satisfacción íntima.

Por desgracia, fue también la manera más fácil de romper el hechizo, porque sin pretenderlo abrí la caja de Pandora y él, sin nada que perder, disparó a bocajarro con una maquinaria del lamento que apuntaba a la diana de mi compasión, cuando yo no había considerado que nuestra relación tuviera ese componente en absoluto. Y, después de cuatro *emails* en los que él confundía mi buena predisposición con el principio de una relación de pareja, me sentí obligado, con pena y con culpa, a interrumpir las comunicaciones porque, entonces sí, sentí lo que casi cualquiera hubiese sentido desde el principio en mis circunstancias: que estaba tratando con un viejo verde clásico. Tal como él había contado de otros visitantes previos, desaparecí sin más.

GENE

Aunque la experiencia con Fred fue un poco extrema, es innegable que hay algo en Nueva York que hace que el epicentro del atractivo masculino orbite en una edad mucho más elevada que en otras partes del mundo. La dinámica económica y social de la ciudad convierte la juventud en algo ligeramente miserable y la madurez en una época de esplendor. Recuerdo estar corriendo en la cinta del gimnasio mientras ponían en la pantalla un documental sobre cómo los náufragos, en sus primeros días, se comen la parte más carnosa del pez y tiran las raspas y la cabeza al mar. Pero conforme va avanzando el estado de desnutrición, van encontrando más y más apetitoso lo que tiene más nutrientes, que es justo lo que en un principio desechan: la espina dorsal y los ojos del pez.

Y al margen de que haya muchas parejas de náufragos y raspas, en las que se ve claramente que el vínculo pasa por la transacción económica —incluso hay una página de contactos que se llama SeekingArrangement (Buscando un acuerdo) para gestionar un braguetazo, sobre todo entre heterosexuales—, hay un territorio mucho más ambiguo en el que un *silver fox* («zorro plateado») es el animal más engatusador y cotizado de la jungla de asfalto. El hastío que provoca la intensiva supervivencia que exige Nueva York sin estar tocado por la varita de los Rockefeller o los Vanderbilt hace que una persona asentada, que pudo comprar su casa cuando todavía se podían comprar casas, merezca al menos una oportunidad a nada que sea medio atractiva y tenga una buena conversación. Además, acabas un poco harto del treintañero que siente que su llegada a Nueva York es la cumbre de su vida y piensa que cualquier factor disruptivo en ese momento dulce ha de ser erradicado. Por eso, cuando te encuentras a esos cincuentones que están perfectamente conservados y bien esculpidos en el gimnasio, te parecen simplemente irresistibles.

73

Gene, sin tener un cuerpazo ni ser guapísimo (ni llegar a confesar su edad), sí entraba en esa categoría de ese *sugar daddy* que puede solucionarte la vida si las cosas salen bien. A mí me gustó porque, más allá de tener casa en la Quinta Avenida con Washington Square, no ejercía el abuso de poder de los ricos, siempre consensuábamos nuestras decisiones y siempre pagábamos a medias. Igual que a mí, le encantaba la buena comida y, aunque yo estaba en un momento delicado económicamente (después del intensivo septiembre con el Open de Tenis, la Asamblea General y la Fashion Week, en octubre y noviembre vienen las vacas más flacas del año para el periodista *freelance*), decidí que no me importaba cenar con él por encima de mis posibilidades. Ya quitaría de otro lado, que el colchón económico traído de España aún tenía un poco de aire.

En nuestra primera cita nos encontramos en un italiano riquísimo del West Village llamado Pagani. Gene me recomendaba otros restaurantes de la zona que yo luego exploraba con otros amigos (incluso con otros amantes, qué poca vergüenza), como el Buvette, que era su favorito y estaba en la misma calle del Marie's Crisis. Cuando mencioné que el piano bar era uno de mis locales fetiche, vi en él una señal de desaprobación. «Simón: céntrate, que ahora estás jugando en la liga de los ganadores.»

Gene trabajaba como psiquiatra tres días a la semana y hacía un viaje intercontinental al mes, así que también me quitó el prejuicio que me había forjado con Adam sobre que los ricos de Nueva York no viajan tanto. Gene trataba pacientes que no tuvieran trastornos muy severos para no esclavizarse con ellos, no tener que estar pendiente de las urgencias y vivir como un auténtico rey. Tenía ese hedonismo reposado que me fascina. Mientras nos tomábamos unos ravioli con pera y trufa blanca deliciosos, me contaba su desacuerdo con el modo de vida —y sobre todo, con la emotividad— de sus compatriotas, con esa gente «con la que todo va bien, pasas un buen momento y, un día, desaparecen»; encontraba en los europeos afincados en Nueva York un soplo de aire fresco y unas conversaciones mucho más enriquecedoras. Fue su manera de piropearme, y yo me dejé piropear, porque estaba disfrutando del encuentro y de la trufa blanca. Era un poco repipi pero muy interesante, y mostraba una verdadera curiosidad por mis entrevistas y mi trabajo como periodista. Estábamos en plena temporada de otoño de subastas en Nueva York, que ese año 2013 se vio afectada por una racha de precios descontrolados y, como él era un coleccionista de categoría media, pudimos tener una conversación al respecto como si yo fuera un experto en las tendencias del mercado del arte. Se acababa de vender el tríptico de Bacon *Tres estudios de Lucian Freud*, que se convirtió en el cuadro más caro jamás subastado (140 millones de dólares), y nuestras conversaciones derivaron en la burbuja del arte, en las grandes fortunas de Oriente Próximo y en la constatación de que los cuadros más caros ya no son las rarezas sino los más reconocibles, dada la escasa cultura artística del comprador. Yo me miraba desde fuera y no daba crédito sobre lo bien que se me estaba dando esa conversación tan esnob. Y Gene, que para mí se convirtió en el gran referente de cómo montártelo a la perfección en Manhattan en perfecto equilibrio entre la vida laboral y el tiempo libre, concluyó que yo tenía el mejor trabajo del mundo.

Ya que estábamos con códigos europeos, ese mismo día, tras el tiramisú, subimos a su casa. Allí pude comprobar que su salón estaba presidido por una serigrafía de Andy Warhol; cuando se lo comenté a Tomás y a Carlos, ya siempre aludieron a Gene como «el psiquiatra de Warhol». Aquella noche nos tomamos un vino, nos acostamos y me quedé a dormir sin reventar los protocolos, porque ya habíamos acordado que no nos servían.

Mi relación con Gene fue avanzando poco a poco, hasta me hacía partícipe de sus dudas sobre si vender su casa y trasladarse al Midtown, y así llegamos hasta las Navidades sin problemas. Con sus viajes mensuales a Omán y a Bali no era, desde luego, un amante agobiante, aunque me mandaba unos posados en el desierto y entre arabescos que no podía evitar compartir con Tomás y con Carlos para hacernos unas risas.

Sutilmente, para no herir mi economía, fue intercalando las citas en restaurantes caros con invitaciones en su casa para cenar y una noche me hizo un buen entrecot con una ensalada de tomates secos. Gene me había asegurado que cocinaba estupendamente y luego tampoco fue para tanto (me sale el europeo altivo que llevo dentro), pero desde luego agradecí el gesto. En la cama nos entendíamos bien y nuestra relación se podía describir como bastante placentera. Sin embargo, a pesar del vino y de las buenas conversaciones, las Navidades para un emigrante que vuelve a España por primera vez desde que se marchó son una experiencia tan intensa que me olvidé de todo y de todos, así que entre consciente e inconscientemente descuidé nuestras comunicaciones. A la vuelta, él ya no dio señales de vida y yo no insistí.

76

Cuando nos encontramos por casualidad en mayo en la feria Frieze (donde en un mismo día me crucé también con Daniel y con otro amante esporádico, por lo que concluí que en ese primer año en Nueva York había quemado demasiado el sector del arte), hablamos con un poco de desconfianza inicial, pero me dijo que iba a Madrid, por lo que retomamos el contacto con la excusa de pasarle mis restaurantes favoritos de la ciudad.

A su vuelta, quedamos y cenamos en un restaurante de cocina al vacío de Brooklyn llamado Prospect (que nos decepcionó bastante) y, por primera vez, me lo subí a mi humilde morada de Brooklyn. No solo no se escandalizó con que en vez de un Warhol tuviera un póster de una película de los hermanos Cohen, sino que mientras se vestía para irse ya a su casa (no se quedó a dormir) y se ponía esas medias de abuelo que solo cubren los dedos de los pies, me dijo:

—Hagamos de esto algo consistente. Me gustas.

Y, aunque todavía quedamos una vez más en un restaurante español llamado Tertulia, entonces me di cuenta, no sin cierto sinsabor, de que yo ya me había hecho demasiado neoyorquino y Gene me estaba agobiando con su ruptura de protocolos. Le di largas intermitentes durante una semana en la que vinieron mis hermanos a visitarme y, por supuesto, barrieron como prioridad absoluta respecto a amigos y amantes. Sumado a que se me estropeó el móvil y estuve unos días incomunicado, en los que calculo que me envió

77

algún mensaje que no tuvo respuesta, actué como el típico cretino que le deja al otro que saque sus propias conclusiones en vez de aclararle que yo solo quería algo inconsistente, «a la americana». Pasarlo bien pero sin mojarme. Y así le hice un *ghosting* en toda regla, como si fuera la profecía autocumplida de aquella primera conversación en el restaurante italiano.

Me he acordado de Gene de manera leve cada seis meses, es decir, cada vez que llegan las dos temporadas de las grandes subastas. Me vino a la cabeza ya con lejanía cuando el cuadro de Picasso *Les femmes d'Alger* le arrebató el récord a Francis Bacon y se vendió por 160 millones de dólares y de nuevo fue a parar a la Casa Real de Catar. Y me sentí un «*wannabe* de Gene» cuando, tras la muerte de Lauren Bacall, sobre la que también me tocó informar, me inscribí en Bonhams para pujar por un grabado de Goya que la actriz tenía colgado en su apartamento del edificio Dakota. Su precio de salida eran 300 dólares y yo me puse como tope los 700. Se acabó vendiendo por 1.300, así que me quedé sin él. No había sido capaz de dejarme comprar por el mejor postor.

HETEROSEXUALES

Aunque hasta ahora parezca que no, en Nueva York también existe una minoría un poco oprimida pero que tiene bastante fuerza y a la que, de vez en cuando, abrimos hueco en nuestra comunidad: los heterosexuales.

Ahora en serio, Nueva York es la única ciudad del mundo en la que todos reconocen que ser gay es mejor que ser heterosexual, y mejor ser soltero que estar en pareja. Aquí los homosexuales no tenemos sensación de minoría: el engranaje económicamente salvaje de alquileres y matrículas de colegios expulsa a todo aquel que quiera tener hijos y que no maneje cifras estratosféricas. Esto provoca una criba que deja como seres irreductibles a los solteros y a las parejas sin hijos. Y en ambas categorías el porcentaje de gais es más alto de lo habitual. Si sumamos que esta es la capital del mercado del arte, de la moda de Estados Unidos y, en general, de la tolerancia y la diversión, el homosexual se impone de manera natural como el perfecto *Homo neoyorquensis*.

No es menos cierto que muchos amigos heterosexuales con los que Carlos, Tomás y yo compartimos nuestras andanzas no pueden evitar escucharnos con fascinación: una dosis de sensación de que estamos un poco pasados de rosca y otra de cierta admiración, porque la vida social del hetero es más clasicona y todavía más sujeta a los protocolos. Siempre que salimos a bailar, no es que ellos se adapten a nuestro plan, es que no tienen un sitio al que ir y pasarlo especialmente bien, que tenga una atmósfera tan relajada y, viniendo de donde venimos, tan zarrapastrosa como la que a nosotros nos gusta. Aunque ello implique, para heterosexuales que solo pisaban Chueca en las fiestas de guardar, tener que convivir con pantallas de porno gay en las paredes.

Aun así, la vida del bar gay en Nueva York está en peligro de extinción, pues a mis treinta y algo yo seguía estando en la franja más joven de los locales. La comunidad gay se quejaba de que, desde que existen las aplicaciones para ligar con el móvil y existe el género fluido, las nuevas generaciones salen a los bares con sus amigos heterosexuales sin necesidad de reunirse como gueto. Y aunque la normalización siempre me pareció positiva, entendí las reticencias de parte del colectivo gay a integrarse en un ambiente heterosexual tan normativo como el de Nueva York. Desde ese punto de vista, incorporarse a la mayoría era un paso atrás en toda regla, pues significaba cambiar la condena al *fun* por la condena a un concepto del éxito aburridísimo. Así, por primera vez en mi vida, encontré cierto sentido a la llamada heterofobia en el terreno de la vida nocturna. Yo, que en Madrid era de salir siempre con mis amigas a bares heterosexuales y de revisar el Grindr por si caía algo en el camino de vuelta a casa.

Mi amigo Jesús, un heterosexual que trabaja en Comunicación en una buena empresa y con el que compartimos la pasión por la comida japonesa, adula siempre la creatividad sentimental del universo gay.

—Le propongo yo a una mujer tener una pareja abierta y me calza dos hostias —decía.

Por no hablar de sus apuros con el Tinder, la red social para ligar que por fin dio con la tecla que había dado antes Grindr en los gais, pero desde un punto de vista más conservador. Desesperado por haber pagado ya tres cenas a tres mujeres que: a) no le hicieron ni caso, b) ni siquiera le interesaron a él y c) le echaron un polvo que, al final, le salió más caro que una prostituta, puso en su perfil «Solo sexo», como hacen miles de homosexuales. Nadie le escribió jamás.

Pese a todas estas complicaciones, Jesús tiene una vida sexual muy activa, pero un día me prometió que me llevaría a un bar hetero en el que me lo iba a pasar bien. En el 113 de la calle Ludlow me enseñó el combo ganador: un restaurante filipino en la parte de arriba y un bar búlgaro en la parte de abajo. Allí, junto con una decoración que incluía ruedas de carros de ganado, columpios en la barra y una sidra con vodka criminal, había una caterva de personajes marginales de Nueva York que se contoneaban y se refrotaban bajo la batuta de un DJ que unía el *techno balkan* con el regetón sin despeinarse y, es verdad, conseguía un ambiente en el que todo, absolutamente todo, daba igual.

Jesús intentó ligar esa noche con un par de muchachas pero solo recibió miradas de «cómo te atreves», mientras que yo, cuando me subí a la escalera e hice un par de movimientos flamencos, ya tenía a los dos homosexuales del local, un mulato puertorriqueño y un chico de Europa del Este, bailando conmigo y arrimando cebolleta. Le hice un guiño a Jesús a distancia y volvió a firmar la carta de la derrota hetero en Nueva York.

82

Lo mismo le sucedía a Laurie, que no dejaba de quedar con unos tíos que no hacían más que cacarear en cada cita. Por muy gratis que le saliera la cena, ella volvía siempre enamorada del camarero, que la invitaba a una copa pero luego la quería llevar a una casa todavía más lejos que la nuestra, lo cual le acababa dando también bastante pereza. Por no hablar de ese amigo de Jesús que se enamoró de una estadounidense y, llegado el momento de la boda, tuvo que pasar por la ruina económica que supone el hecho de que, por norma, el hombre tiene que comprar un anillo de compromiso que valga el equivalente al sueldo de tres meses, como si fuera una declaración de estatus. Y, a partir de ahí, el despilfarro consiguiente de ceremonia, banquete y demás, común al resto de las culturas, pero que en Nueva York tiene el plus de una ciudad con el metro cuadrado por las nubes.

En cualquier caso, las dificultades para ligar al final no son tan preocupantes como el sorprendente reparto de roles que en la sociedad estadounidense tienen el hombre y la mujer. O al menos, a esa conclusión llegué después de que, para sobrellevar mi romance con Gene y también para hacer esos planes otoñales de ver la caída de la hoja en los pueblos a orillas del río Hudson o comer el pavo de Acción de Gracias, me pusiera a trabajar de recepcionista en una empresa de trajes. En esa oficina del Midtown, con un ejército de comerciales, me costaba distinguir entre quién era más insoportable: ellos o ellas. Cada vez que en el baño escuchaba a hurtadillas una conversación entre compañeros quería que me tragara la tierra y, como homosexual, me sentía allí más marciano que en ningún momento previo en mi existencia, incluyendo mi vida de pueblo en España. Cuando me salía a fumar un cigarro con las mujeres, me sumergía en una versión trágica de *Una rubia muy legal*, en la que no daba crédito a los temas que les preocupaban o, quizá más aún, a los temas que jamás asomaban. Y cada vez que unos u otros volvían el lunes y contaban su fin de semana o cuando al final de la jornada salían ya con la ropa puesta para el gimnasio, yo me preguntaba: «¿De dónde ha salido esta gente? ¿No les ha afectado ni un poquito la multiculturalidad de Nueva York?». En esos dos meses de trabajo alimenticio (sí, al final yo también comí pavo y me

83

fui a mi casa otoñal) concluí que quizá el colectivo que menos integrado esté en la ciudad de Nueva York sea el de los propios estadounidenses blancos heterosexuales, atrapados en un gueto que ya se había establecido antes de que todos los demás llegaran y que no se enteró de las ventajas del mestizaje y de los avances en la lucha por los derechos en cuestión de género, raza y orientación sexual. Una minoría que pasaba bastante desapercibida porque era, en definitiva, un auténtico coñazo. Pero una minoría que, al final, condensaba el poder y el dinero de la ciudad. En la empresa de trajes solo conecté con la recepcionista que hacía el turno alterno al mío, y con la que coincidía apenas diez minutos al día, pero que me brindaba el momento más humano de la jornada. Tenía treinta y seis años y eso, en el lenguaje de este país, es casi una solterona. La mujer, en general, tiene que soportar en Nueva York la presión laboral de la ciudad en particular (con las empresas que te pagan la congelación de óvulos a cambio de robarte tus mejores años profesionales) y el destino de madre y esposa del país (y del mundo) en general. Por eso, a partir de los treinta y cinco la mayoría de las chicas cortocircuitan si no han sentado ya la cabeza. Los hombres, por su parte, tienen entre ellos una relación que ríete tú del landismo y que me quedó bien clara después de este breve paso por ese universo oficinista. Un universo que yo antes pensaba que era el colmo de la sofisticación, que esperaba espiar con placer desde mi puesto en la recepción, pero del que acabé abominando.

84

Estos roles por sexo, curiosamente, están muy ligados a la juventud y a la búsqueda de pareja. Luego, una vez que superan los cuarenta y ya están todos colocados, parece que se les pasa la urgencia y, si bien mi relación con los compañeros de mi edad era imposible más allá del entendimiento puntual con la recepcionista, otra realidad desconocida se abrió en mi trato con los jefes. Puedo decir que, pese al poco interés que me generaba el trabajo en sí, nunca un superior (todos ellos ya en la cincuentena) me había tratado tan bien y, por ello, nunca me dio tanta pena dejar un trabajo como aquel. De hecho, me hicieron una fiesta cuando decidí volver a mis raíles periodísticos, una vez que rehíce mi economía en solo tres meses de contrato. Mi experiencia anterior en España, cuando dejar una empresa que me pagaba un sueldo ridículo fue casi un proceso de apostasía, me tenía más que acostumbrado a la ingratitud de jefes contra empleados y al chantaje emocional dentro de la empresa. En eso sí que, lo reconozco, vi la superioridad absoluta de un país que entiende perfectamente los límites de la vida personal y la vida laboral, así como el impulso natural de todo trabajador a prosperar y la necesidad de tratar bien a los empleados si quieres considerarte buen jefe. Me di cuenta de que resultaba mucho mejor la opción tener un trabajo basura con un sueldo estimulante que trabajo estimulante con un sueldo basura. En eso, Estados Unidos, me conquistó.

Y, quizá por eso, ese año, en la casa de los Catskills que alquilé, al norte de la ciudad, cociné el pavo y reuní a mi *familia* neoyorquina alrededor de una chimenea con una parte de emulación paródica de las tradiciones de la nueva patria, pero también con agradecimiento real a un nuevo modo de vida que iba venciendo mi resistencia a la porosidad. Qué amables me parecieron esas cinco horas cocinando y regando el pavo, y qué ricos me quedaron tanto la salsa de arándanos como el pastel de calabaza. Me gustó sentar en una misma mesa a Carlos, a Tomás, a Roger y a Jesús, así como a otros que se habían quedado colgados en esa fecha tan significativa. Y cuando llegó el momento de dar las gracias, me sentí de veras agradecido por la vida que, entre disparate y disparate, se iba sedimentando. Carlos ya lo había dicho: «América te compra». Y yo empezaba a verme, por primera vez, listo para salir al mercado.

INVIERNO

*C*on este ritmazo que impone la ciudad, con este ir y venir de cuerpos, la relación más duradera de muchos homosexuales neoyorquinos no es con un hombre, sino con una estación: el invierno. Dura seis meses y está llena de tormentas.

Nueva York cambia con el invierno y se vuelve, al menos para mí, todavía más divertida, más auténtica y, desde luego, menos turística. Será porque soy de los que gana tapadito, pero el frío no solo no me detiene, sino que me hace luchar contra él con una actividad frenética.

En nuestra cita trimestral con la vida, Tomás confesó que, desde que había fichado por una compañía privada, estaba al borde del ataque de ansiedad, que estaba harto de tener varias citas a la semana y que tenía ganas de darse a la diversión sin cara B.

Era verdad que, de los tres, Tomás era el que más había caído en las redes del ritmo de trabajo estadounidense y, aunque ganaba más dinero que Carlos y yo juntos, también empezaba a dar señales de colapso.

Mientras que yo iba más justo económicamente pero tenía un gran capital en tiempo libre y Carlos vivía en la órbita funcionarial de la ONU, Tomás había sido víctima del llamado *work hard play harder* de la ciudad. Había sido ya ascendido dos veces y recibido un par de bonus extraordinarios, eso sí. Él era quien nos introducía en las últimas tendencias de casi todo, incluido el universo sentimental. Igual que nos habló por primera vez de la red social de masajes, ese día nos habló por primera vez del *juggle*, que significa literalmente «hacer juegos malabares», pero que en el mundo de las citas consiste en construir el hombre ideal saliendo al mismo tiempo con varios hombres imperfectos y complementarios, hasta que uno se impone y hace innecesarios a los demás.

Confirmada una vez más que estábamos sanos de cualquier enfermedad de transmisión sexual, Carlos definió a Tomás como un *serial dater* y nos recomendó que, si tan estadounidenses nos habíamos hecho, nos apuntáramos a un *speed dating*, que consistía en hacer una especie de rueda de reconocimiento de potenciales amantes. A mí me sonó divertido, así que le dije a Tomás que lo acompañaba. Investigamos un poco y vimos que había una sesión especializada en gente mayor rica, que se llamaba *Catch a millionaire*. ¿América te compra? Pues venga: salimos al mercado en la gama *deluxe*.

Los *cazadores de millonarios* no podían tener más de treinta y cinco años, así que Tomás estaba ya a punto de quedarse fuera, y los *millonarios cazados* tenían que tener al menos cuarenta y cinco, así que Carlos se quedaba justo en esa franja en la que no podía participar, aunque tampoco estaba demasiado interesado. Él era más de las orgías de los miércoles, en las que, esto es América, también tenías que pasar dos entrevistas (una vestido y otra desnudo) para asegurar que no entraba ningún adefesio a romper la excelencia de la juventud o de la buena forma física. A mí, el llamémosle «sexo obligatorio» me daba más pereza. Como ya he contado a propósito de los masajes, me gustan mucho los preliminares y prefiero que el sexo en sí sea un *grand finale* de poca duración, que tampoco es que sea yo de grandes maratones.

Total, que allá que fuimos ese par de jóvenes promesas españolas, la más impecable (Tomás) y la más bohemia (yo mismo), a ver si, medio en serio medio en broma, podíamos traspasar el campo de la simple anécdota en esa ruleta de millonarios *versus* arribistas que se había organizado en un bar de tarde de Chelsea. Como era de esperar, ningún millonario archiatractivo tiene la necesidad de recurrir a estos *castings* de jovencitos para encontrar lo que desea, aunque yo tenía la esperanza de que, dado que nosotros tampoco éramos *a priori* el perfil (pedazo de carne con ojos) que uno presupone de la juventud que se subasta en estas sesiones, otros dos absurdos curiosos estuvieran del otro lado de la cuenta bancaria. También en eso me equivoqué. Como en casi todo lo que suena muy agresivo en términos emocionales o sexuales en este país, los candidatos acabamos adoptando una actitud con pátina de amabilidad en esos ocho minutos de conversación que teníamos con cada uno de los quince millonarios (aunque tampoco creo que lo fueran tanto) que acudieron a tan peculiar cita en cadena. Y para mí conversar siempre es un buen plan, más aún en un sistema de rotación que me recordaba mucho a las entrevistas en cadena de las promociones de las películas de Hollywood, en las que para conseguir unas declaraciones de Julia Roberts te obligaban a entrevistar a todo el reparto, al productor y al diseñador de vestuario. Solo que en este caso, yo era más el entrevistado que el entrevistador: la dinámica era más de «millonario pregunta» y «trozo de carne responde» que al revés. En consecuencia, creo que aprendí bastante poco de la experiencia.

Con uno hablé de cuatro tópicos españoles, con otro de las exposiciones que había en ese momento en la ciudad y con otro de cine. El tema de España se repitió con otros dos más y el de las películas con otro. El de los museos no volvió a salir, y de los demás ni me acuerdo. Nadie tenía interés en un intercambio de emociones real (qué ingenuo soy a veces) y nadie quería que el juego de poder tuviera matices. Así que, aunque me encantaría decir que fuimos nosotros los que dimos calabazas a alguno de los millonarios, lo cierto es que ni Tomás ni yo despertamos el más mínimo interés en ninguno de ellos. Lo que parecía una experiencia anecdótica y exótica acabó siendo una de las pocas propuestas relacionadas con el sexo que me dejó un regusto de vulgaridad. Sobreestimé mi frivolidad, y mi precio resultó ser demasiado alto para las circunstancias.

La otra experiencia con Tomás en busca de diversión sin cara B en ese invierno arrasador fue la de estrenarnos en el legendario bar de *leather* de Nueva York, The Eagle. Me lo había recomendado un amigo de Florida, y Carlos, dentro de que le gustaba provocarme, me decía que quizá fuese demasiado para mí, porque ahí la gente practicaba sexo en los baños y quizá eso hiriera mis resquicios de sensibilidad mojigata. De nuevo, una prueba para ver si el Simón de ahora escandalizaba al Simón de antes.

The Eagle estaba en la Calle 28 con la Avenida 11 y tenía la solera de llevar abierto desde 1970. Había sido desplazado por la gentrificación y ahora estaba amenazado de nuevo: había pasado de ser prácticamente un bar de carretera (está al lado de la West Highway) a ser un local de Chelsea. Los mastodontes de cristal de los Hudson Yards y las viviendas de lujo lo obligaron, como primer toque de atención, a poner en la terraza unos árboles para que los vecinos no vieran desde sus salones lo que allí acontecía. Y así, un martes en el que Tomás y yo decidimos quedar a cenar mano a mano mientras Carlos estaba de viaje por trabajo, tras tomarnos unas copas en el maravilloso Flaming Saddles (el Bar Coyote versión gay que hay en Hell's Kitchen), ya medio cocidos nos fuimos al famoso templo de la trasgresión. Pese a la expectación y el nerviosismo, nos encontramos prácticamente solos. Algún que otro abuelo y ya. Decidimos que si no había fiesta, nosotros la crearíamos: en una idea poco feliz, propuse jugar al *strip billar*. Se apuntó a la mesa el único chico joven que había en el local y las reglas eran bien sencillas: cada vez que se metía la blanca en el agujero había que quitarse una prenda. Por supuesto, los abuelos que estaban allí a modo residual despertaron de su letargo y pensaron que les había tocado la lotería. A mí, a esas alturas de la vida, ya nada me parecía indigno. Como promotor de la idea, caí en la cuenta de que soy malísimo jugando al billar y de que ese día había ido a nadar a la piscina y se me había olvidado llevarme calzoncillo de recambio. Es decir, que en dos de mis jugadas maestras sobre la mesa de billar estaba ya desnudo.

—Es hermoso lo que estáis haciendo. Si queréis, luego os hago unas mamadas —nos dijo un señor a Tomás y a mí (él todavía conservaba la ropa interior).

—No, gracias, muy amable.

Y, en ese momento, el camarero llegó y me dijo con malas pulgas:

—*Hey man, cover your stuff.*

Y de la nada apareció un chico latino muy pequeñito que me dijo:

—Con que te pongas un calcetín, suficiente.

Él, efectivamente, estaba desnudo con un calcetín marca Fila en el pene. Bastante alucinante todo. En medio de este festival del surrealismo, cuando me quise dar cuenta, Tomás y nuestro tercer jugador de billar (él totalmente vestido porque jugaba bastante bien) se estaban enrollando y yo estaba a merced de un público poco apetecible.

Así que ese fue mi patético debut en uno de los bares más transgresores de Nueva York: con una bronca por romper las reglas (hasta el *hardcore* las tiene en Nueva York) y sin nada que llevarme a la boca.

Después de esa experiencia tan decepcionante en nuestra búsqueda de la diversión, volvimos sin expectativas un sábado, esta vez con Carlos, mucho más experto que nosotros en los códigos sexuales de tan legendario bar. Aquella noche estaba a reventar y con sexo en cada esquina. Ni siquiera había reglas, aunque sí cierto disimulo. Carlos siempre comparaba ese escenario con luces anaranjadas —lleno de gente no tan atractiva pero donde siempre había algún hallazgo digno de ser atacado— con *Bodas de sangre*, de Federico García Lorca: «Todos saben lo que pasa pero nadie dice nada». Y aunque no me pareciera alta literatura, sí que me sorprendió positivamente que, más allá de la imagen impactante del sexo orgiástico para un debutante y al contrario que en las orgías por entrevista, existía una política de respeto absoluto con las imperfecciones del cuerpo, con el paso y el peso de los años. En ese bar todo el mundo era bienvenido, relegado a no poder acceder a los cuerpos más hermosos quizá, pero nunca rechazado como asistente y *voyeur* ni acusado de romper el erotismo del lugar, que está más relacionado con la avasalladora presencia del sexo como concepto, casi como efluvio, que como estética. Me percaté de que eso tenía una potente capacidad de excitación sobre mí: creo que por primera vez en mi vida aguanté carros y carretas y encadené un orgasmo tras otro.

—Eres una loca rara —me dijo Carlos cuando vio que me había puesto el chip más sociológico que animal.

Pero lo mejor del invierno no era tanto el calentón del sexo sino que, como Carlos ya había adelantado desde su infinita sabiduría, se impone sí o sí una escapada, aunque sea de tres días, al Caribe para, literalmente, romper el hielo. Ese primer invierno en Nueva York nos fuimos el Trío Calavera a Puerto Rico, y allí, desde luego, ni siquiera necesitamos el sexo, aunque había una panda de chicos de Boston muy monos que nos miraron como plebe latina.

—Estas *bostonians*, regias, divinas, todas con sus títulos de Harvard —resumió Carlos.

Y sí, qué pereza. Nosotros, más al estilo familia de hotel de todo incluido o como si fuéramos *hooligans* en las playas de Torremolinos de escapada *low cost* perdiendo la compostura, nos tomamos un barco con barra libre a la isla de Culebra y allí fuimos felices con nuestro bañador, nuestra playa paradisíaca y nuestro mar turquesa. Haciendo buceo en un arrecife de coral con un *snorkel* de plástico malo. ¡Eso es vida!

JIM

$\mathcal{A}$ la vuelta de la escapada caribeña con sus 30 grados centígrados y su cielo perfecto, llegué con el bronceado ideal para la que era mi pesadilla periodística: la Semana de la Moda de Nueva York, que es semestral; la de febrero, con todo el frío, se hace especialmente odiosa. Como periodista no especializado en moda, me costaba bastante escribir algo medio coherente sobre un desfile frenético de treinta vestidos que pasan como una exhalación en cinco minutos y después de haber entrevistado a unos diseñadores muy duchos en no decir nada. Si fue una sorpresa para mí disfrutar escribiendo crónicas de tenis en unas canchas *a priori* heterocentristas, la contrapartida llegó con el chasco de lo poco arropado y muy excluido que me sentí por el mundo supergay de la moda. Por no hablar de que es realmente difícil ir *fashion* a 10 grados bajo cero.

Quizá por eso, después de una cena pagada por una firma participante, cogí con tanto gusto a Jim, el hombre que me llevaría al otro extremo del espectro. Él se paró a saludar a una compañera periodista, tuvieron la típica conversación neoyorquina de «cómo te va, tenemos que vernos más» y luego, al parecer, él le envió un SMS preguntándole por mí y ella nos puso en contacto.

Jim era fotógrafo, no de moda ni de noticias, sino artista-fotógrafo. Como buen artista superviviente, al igual que Daniel, vivía en Bushwick... Solo que ese era su lugar temporal porque en realidad saltaba de casa en casa, sin pagar alquiler y encontrando hueco donde buenamente podía. De hecho, había vivido en casa de la amiga que nos puso en contacto.

Era muy guapo y tenía un cuerpo precioso, a pesar de (o precisamente por) no tener ni un solo músculo. Venía de una familia de Texas y su hermano era igual de guapo e igual de homosexual que él. Nuestra cita no fue tal, sino que me invitó a ir a casa del hermano y sus dos amigos negros para tomar algo. Y, aunque me recordó un poco a mis tiempos de estudiante con el desorden, el olor a tabaco y los muebles de enésima mano, en ese lugar percibí un vestigio de esa hermandad que había leído en las historias del Nueva York de los ochenta, en la época de las casas como Xtravaganza y Ninja y las competiciones de baile a las que Madonna robó el *voguing*. Cuando esos «personajes sin familia», como decía Carlos, creaban sus propias estructuras emocionales entre la candidez y el delirio, entre la necesidad básica del apoyo en medio de la supervivencia y la laxitud de hábitos. Me parecía que tenía un extra de ternura que, a la hora de crear su nueva familia

96

en Nueva York, Jim hubiese mantenido a su hermano de sangre en el círculo. Mi inminente amante se movía así en el equilibrio entre ser uno de los más suaves y entrañables que he tenido en esta ciudad y pasar a la dispersión inabordable acto seguido.

Las conversaciones con su hermano y sus amigos pasaron del arte contemporáneo y el diseño de moda a la existencia de los extraterrestres. Me gustó la charla porque muchos de lo que para mí eran pilares de la lógica para ellos eran principios ultraconservadores. E, insisto, porque se trataban con un cariño infinito y un punto incorrupto, casi naíf, de lo más refrescante. Después de llevar siete días entre bambalinas *fashion* (unánimemente reconocidas por todos los corresponsales como el ambiente más hostil para el periodista en la ciudad), aquella escena fue para mí como morir y subir al cielo.

97

En un momento de la conversación, Jim dijo:

—Espera, que te voy a dar una sorpresa.

Y entonces abrió la trampilla de la terraza y bajamos a un piso que yo no sabía ni que existía y donde tenían una discoteca clandestina que me dejó anonadado, con su barra de *striptease*, su bola de baile y su cabina de DJ. Se llamaba Spectrum y, en ese momento, estaba cerrada esperando a su próxima sesión cuando fuera posible.

Allí estaba yo, después de escribir sobre los desfiles de Ralph Lauren y Calvin Klein como cierre de la Semana de la Moda, en la otra cara de la moneda.

Ya con Daniel había tenido la discusión sobre cómo las alcaldías sucesivas de Rudolph Giuliani y Michael Bloomberg habían convertido a Nueva York en una ciudad mucho más segura, pero también mucho más cara, inaccesible y envarada. Antes de que rompiéramos, Daniel me aconsejó que me diera un paseo por Bushwick para comprobar que, aunque el epicentro se ha desplazado, ese Nueva York salvaje sigue existiendo. Y, sí, ahí estaba ante mis ojos. Artistas que nunca tendrían una recepción como las que organizaba Moisés, pero que sin duda tenían un talento a la espera de que alguien se parara a descubrirlo. Y gente que vestía de una manera que no tenía nada que ver con esas pasarelas que inventaban las tendencias, ni siquiera con esos hípsters uniformados de Brooklyn, sino con el auténtico *selfmade* con cuatro trapos dados la vuelta con un estilazo absoluto.

Esa noche me quedé a dormir con Jim, al que su hermano cedió la habitación. Por supuesto, él no llevaba calzoncillos. Y, no tan por supuesto, no tuvimos sexo, sino que estuvimos conversando sobre todo y nada. Entonces se me ocurrió que quería hacer un reportaje sobre el *voguing* en Nueva York, que había sobrevivido al huracán de Madonna y seguía existiendo y evolucionando en los ambientes negros y latinos, organizados en las citadas casas tal y como yo había visto en el documental *Paris is burning*. Y Jim me hizo de puente para llevar a cabo mis pesquisas.

Un lunes a la una y media de la madrugada me citó

en un local en pleno Midtown que se llama La Escuelita y que, una vez a la semana, organiza un concurso del famoso *voguing*. Invité a Carlos a que nos acompañara y, por supuesto, como negro y latino, no era su primera vez. Ya durante los calentamientos, el ambiente estaba que ardía y yo, que he sido fan de Madonna toda mi vida, hasta me animé a marcarme un baile con alguno. Me dieron un par de consejos para que no hiciera tanto el ridículo, pero me animaron: «Para ser blanco, no lo haces nada mal». El ambiente era muy parecido al de nuestro adorado No Parking pero más estructurado, pues aquella competición era seria: entrevisté al organizador del evento, que se llamaba Luna Khan y había llamado a esa sesión de lunes Vogue Knights. Él estaba bastante enfadado con Madonna por haber sido como una hija descastada, que entró en la familia cuando le interesó y se hizo millonaria con lo que le enseñaron, mientras que él seguía en el lodo *underground* y sin haberse llevado ningún reconocimiento. Pero desde aquel 1990, cuando Madonna saqueó la escena subterránea de las pistas de baile y la convirtió en éxito mundial, todo había cambiado bastante y sobre la pista lo que vi era simplemente alucinante: una explosión de cultura *queer* en la que era difícil distinguir qué era hombre o mujer, pues todo era femenino y masculino a la vez. Una técnica de baile sincopada y agresiva, entre la lucha libre, el contorsionismo reptil, los espasmos epilépticos y el *rythm and blues*. Un público que rugía y no se podía

99

contener casi saltando a la pista en cada competición. «¿No querías *underground*? Pues ahí lo tienes.» Y más aún que en el No parking, a pesar de los cuerpos espectaculares que pude contemplar y de la sensualidad de algunos movimientos, la tensión sexual no estaba por ninguna parte. Era más un ritual de expresión gamberra, de reafirmación personal (que era la esencia última de la cultura del *ball*, esas competiciones de baile de los años setenta y ochenta) y de familia elegida muy funcional que llenaba el local de una absoluta libertad sin miedo al ridículo.

Al salir de allí a las tres de la madrugada en estado de *shock*, me fui a mi apartamento porque tenía que dormir bien y levantarme pronto para trabajar. Jim cogió el metro y fue a su no-casa. Me quedé un rato con Carlos y le pregunté:

—¿Te ha caído bien este chico?

—Sí. Deberías darle una oportunidad y no cansarte de él como te pasa con todos —me dijo.

Y tenía razón, porque ya llevaba los suficientes meses en la ciudad como para seguir tomándomelo todo a guasa y, además, Jim me había parecido una persona de verdad.

Sin embargo, esta vez fue él quien desapareció sin motivo aparente. Al cabo de los meses me enteré de que ese antiguo proyecto del que me había hablado vagamente (irse a Barcelona) se había hecho realidad. Mi amiga me dijo que, después de aquella noche, Jim le había escrito diciendo que conmigo «le entraban ganas de ser un buen chico». Y yo creo que no lo tenía que intentar: lo era. Nos añadimos a Facebook, me puso en contacto con su hermano para que me tuviera al día de la escena más alternativa —él me ayudó a completar el reportaje y me puso en contacto con un exbailarín de Madonna— y siempre se dirige a mí con auténtico cariño virtual, pero nunca más hemos vuelto a vernos.

Creo, de cualquier manera, que conocer a Jim me quitó la nostalgia de un Nueva York más golfo y torero, pues si bien tiene un grado de autenticidad que luego la ciudad ha ido borrando o barriendo hacia los márgenes de Brooklyn, Queens y El Bronx, yo ya no estoy para esos trotes: a mis treinta años y viniendo de una familia conservadora española, necesito una cama caliente y una ventana que cierre bien durante el invierno, que aquí es morrocotudo. Y calzoncillos, por favor.

KLAUS

$\mathcal{Y}$a en marzo —lo cual en Nueva York no significa primavera todavía—, por fin me decidí a usar de forma mucho más regular lo que ya había pagado en enero para todo el año: el gimnasio. Aunque odio las máquinas, me gusta mucho nadar y había dado con un club que tenía piscinas de sal donde podría liberarme del gorro y las gafas sin que se me arruinaran ni los ojos ni el pelo, que para eso soy un poco príncipe.

Sin ser tan cara como Equinox, la cadena de gimnasios más *cool* de Nueva York, la mía está bastante bien: tiene ocho centros repartidos por Manhattan y para ese verano que tardaría en llegar disponían de un pequeño yate que da vueltas por la isla a un precio especial para sus clientes y amigos de sus clientes. Además, una cadena de gimnasios de ese tipo, para personas como yo, que viven en el quinto pino, ofrece una ducha amiga en la que puedes parar un momento y sacarte el cansancio de encima antes de dirigirte a tu enésima reencarnación del día.

De entrada, aluciné con el nivel de cuerpazos que

se paseaban por sus instalaciones sin ningún tipo de pudor. Yo, con mi pecho de niño de doce años, ¡qué vergüenza! Una amiga mía que se fue luego de corresponsal a Rusia lo resumió a la perfección: «He pasado de ser la vacaburra del Equinox a la diosa del gimnasio de Moscú». Pues yo pasé de ser un chico medio en Madrid a un verdadero tirillas en Nueva York. Pero como a mí el *voyeurismo* siempre me ha parecido más que suficiente, recuperé ese viejo truco de asociar el ejercicio físico al placer del mirón y utilizar este último como reclamo para hacer más deporte.

Tal y como me había explicado Carlos, no obstante, enseguida vi que las saunas húmedas y secas de casi cada uno de los ocho centros del club (con mención especial para el de la Calle 23) eran sucedáneos de las saunas gais y los cuartos oscuros.

103

Yo, que siempre tengo que adornar la sordidez con un poco de conversación y algún que otro detalle biográfico, no saqué tanto sexo esporádico y anónimo con desconocidos como forma de culminar los estiramientos (lo que, por su nivel de implicación emocional, por su duración y por la escasa relevancia del otro participante yo llamaba la «masturbación asistida»), pero sí obtuve una galería de personajes bastante considerable.

Desde el chileno que me habló de un grupo de baile *country* gay que estaba luchando por sobrevivir y me animó a que me hiciera socio (me tentó, pero no) a un fanático de la ópera que me tenía al día de cuáles eran las producciones que no me debía perder, o un pediatra con sordera que tenía un pene enorme, pasando por un productor de cine que estaba preparando su primera gran película. Según me dijo, era una adaptación musical de *Casablanca* en el espacio exterior y tendría como epicentro no el Rick's, sino el Rock's, pues su banda sonora iba a ser roquera a tope. La iba a dirigir David Hogan, el célebre autor de *Barb Wire*, la película de Pamela Anderson, que también estaba involucrada en el proyecto. Con ese *dream team*, le dije que yo había trabajado en coberturas cinematográficas y que, si podía echarle una mano, que me avisara. Dicho y hecho. Me citó para una reunión en su oficina, en la que me ofreció llevar la prensa del filme, me puso algunas de las canciones que él mismo había compuesto e interpretado para la banda sonora (que, por cierto, estaban bastante bien) y me puso en contacto con el resto del equipo de la película en ciernes. Me aseguró que él me sacaría de mi vida en Brooklyn y que por fin podría volver a vivir en Manhattan y me prometió que me enviaría todos los archivos en Dropbox para hacerme partícipe de todo lo que ya tenían hecho. Nunca me escribió y, cuando lo vi en el gimnasio la próxima vez, me trató como si le estuviera metiendo prisa, así que nada. Agua de borrajas. *Bullshit* sideral.

Pero un día, a esas horas en las que la piscina estaba ocupada por unas cuantas jubiladas y por mí mismo, cuando fui a la ducha y a la sauna comencé a hablar con un chico de pelo cano, pero no creo que mucho mayor que yo, que tenía un cuerpo así como el mío, muy poco fibrado pero proporcionado, y poseedor, no como yo, de un pene enorme incluso en reposo. Le eché un par de miradas furtivas pero fue él quien me abordó. «Qué bonitas chanclas», dijo. Frase que inmediatamente pasó a reinar en la lista de peores maneras de entrar a alguien *ever*. Bien es cierto que la toalla era la otra opción y esa la daba el gimnasio. «Gracias, las compré en Portugal», le dije. «¿Eres de Portugal?» «No, de España.» Y, a partir de ahí, empezó a explicarme, en perfecto español, que él era brasileño, pero de familia alemana, y que había estado viviendo en Madrid unos años. Le conté un poco mi vida y, cuando nos fuimos a los vestuarios, le pedí el teléfono, porque me había parecido muy atractivo y tenía una energía de estas mansas que en Nueva York apetecen de vez en cuando. Cuando me dio su tarjeta, solo ponía su nombre y apellido (Klaus Barroso), y en el reverso su teléfono. Le mandé un mensajito y nos dijimos que algún día quedaríamos.

Como hago siempre, no sé si por deformación profesional o por sicopatía, busqué en Google su nombre y apellido. No salía absolutamente nada, lo cual en el Nueva York del siglo XXI es rarísimo. Dos semanas después quedamos por fin. Yo estaba casi más intrigado por el enigma de su vida y obras que por su cuerpo, que al fin y al cabo ya había visto en su totalidad.

Me citó en la Calle 59 esquina con la Quinta Avenida —nada menos— a tomar un vino. Él saludó a

105

un par de personas que pasaban por allí. Y estuvimos charlando un buen rato: era un chico muy amable y muy cultivado, que manejaba muy bien el alemán y el italiano, y tenía unas formas exquisitas. En un momento de la conversación por fin le dije:

—¿Y tú a qué te dedicabas, que no me acuerdo?

—Como si ya me lo hubiese dicho.

Hubo una pausa dramática.

—Bueno, es un trabajo que hace cien años no estaba tan mal visto —comenzó titubeante, para dar la estocada final—: Yo no trabajo.

¡Zas!

—Eres mi héroe. ¿Y cómo se hace eso?

—Bueno, mi marido tiene mucho dinero.

—Ah, ¿que estás casado?

—Sí. Es un marchante de arte italiano y le gustaría conocerte. ¿Qué haces esta noche?

Guau.

Esa noche había quedado con Carlos y con Tomás para cenar, pero por supuesto podríamos encontrarnos después.

—Hay una fiesta en el Soho Grand Hotel los martes que está muy bien. A lo mejor vamos nosotros. Si te parece, vamos hablando, ¿vale?

—Vale.

Seguimos de charla agradable un buen rato más, me dijo que era géminis y que por eso nunca era capaz de decidir nada (¿?), que de vez en cuando paseaba a clientes de su padre por la ciudad de Nueva York, pero que en general estaba leyendo libros, que era lo que verdaderamente le gustaba. Que tenía una amiga, la legendaria Carmen D'Alessio, la que había sido relaciones públicas del Studio 54 en la época dorada y la artífice de la idea de que Bianca Jagger entrara en la pista de baile montada en un caballo blanco. Pero que en general estaba tan a gusto él solo.

—Qué suerte. Me encantaría poder hacer eso —le dije.

—Si realmente quieres, puedes —concluyó él categórico, pidió la cuenta y me invitó a los vinos, como dándome el bautismo de fuego del gigoló.

Cuando nos íbamos a separar, ya cada uno hacia su respectivo destino, me dijo que le había caído bien y que le gustaría pasar conmigo más tiempo, conocerme mejor. Yo no sabía muy bien a qué se refería, dado el panorama que me había pintado, pero asentí y me fui a cenar con Carlos y Tomás, que no pestañearon a la hora de apuntarse al plan y ver quién era Klaus, quién era su marido y cómo se desenredaba la madeja.

La extinta fiesta de los martes en el Soho Grand Hotel era una especie de carnaval bastante extravagante, también un poco prefabricado, en el que con buena música y buenos amigos uno lo podía pasar bien, pero que vivía de las ganas de muchos neoyorquinos de sentirse especiales. Carlos, al que hasta ese momento siempre consideré una persona capaz de disfrutar de casi todo, no lo disfrutó en absoluto.

—Después de quince años aquí, uno se da cuenta de

qué Nueva York le gusta y qué Nueva York no le gusta. El sentimiento de *neoyorquinismo* que ofrece esto a cambio de un mal cóctel de diecisiete dólares es una de las cosas que desde hace años trato de evitar —dijo él, que vivía en El Bronx sin estreses innecesarios.

Y, una vez más, tenía toda la razón.

Pero bueno: habíamos ido a otra cosa, aunque nuestras expectativas quedaron algo frustradas cuando conocimos al marido de Klaus. A mí en concreto me cayó fatal, me pareció un arrogante insoportable al que no querría tocar ni con un palo, por muchos millones que tuviera. A Carlos y a Tomás prácticamente ni los miró, el muy maleducado. Aunque era joven y no era feo, se me acabó la curiosidad y no tuve el mayor interés en entenderme con ese señor, que acabó por irse. Curiosamente Klaus se quedó y, aprovechando que como él decía no iba a ser capaz de decidir nada, lo besé y él me correspondió. Vamos, que nos enrollamos. Me dijo que su marido le había mandado un mensaje diciendo que yo le había caído bien (¿?, por segunda vez en el día) y que si quería ir al piso con él. El propio Klaus me dijo que pondría una excusa, porque prefería que nos viéramos a solas él y yo, algo que, después de varios mensajes cuya respuesta era siempre: «Estoy en Milán, vuelvo el 8 de abril», o «Estoy en Sudáfrica, vuelvo el 17 de mayo», acabé dando por imposible.

Eso sí, decidí sacar rédito periodístico a la cuestión y le pedí el contacto de la exrelaciones públicas del Studio 54, quien me concedió una entrevista estupenda.

Carmen D'Alessio vivía en una casa al lado del gimnasio donde nos habíamos conocido Klaus y yo (que era su gimnasio también) y, cuando me recibió en su casa, me ofreció alquilarme una habitación y me aseguró que Klaus me adoraba (¿en serio?). Viéndola a ella, todavía muy diva a los años que tuviera (que no eran ni sesenta ni setenta), organizando fiestas en azoteas al atardecer, me acordé de la frase de Milton, el artista cubano, de que esta ciudad no te da tregua y de que el éxito, cuando parece que ha llegado, es solo el principio de un trabajo duro que nunca acaba. Con la memoria intacta, con muchísimos idiomas y con un carácter entre maternal e irascible, me pareció una gran entrevistada, pero no una óptima compañera de piso. Pese a la potencial anécdota, prefería quedarme en mi piso pequeño en Brooklyn con mi Laurie, sin pasado estelar a sus veinticinco años.

109

En esta ocasión, prioricé la juventud y descubrí el engañoso espejismo de la supuesta capital de la meritocracia, donde los sueños se cumplen. De un lado, la divina D'Alessio, trabajando hasta el final y viviendo en un piso céntrico pero sórdido, reinventada y reventada. Del otro, Klaus, un hombre fuera del mercado y sin necesidad de entrar en él, porque tomó la decisión que lo llevó ahí. Fresco como una lechuga, leído y encantador. En medio, yo, autoconvenciéndome de que ni uno ni otro modelo eran para mí y buscando sin éxito un modelo *ad hoc* sin subastarme ni esclavizarme. Y es que, a pesar de que es cierto que la escalada laboral está ahí disponible para quien quiera pagar el precio (que, bajo mi punto de vista, es la vida misma), el hecho de que todos los millonarios del mundo quieran tener su apartamento en Nueva York y que todos los niños de papá quieran pasar una temporada haciendo currículum en Manhattan acaba creando un clima de injusticia social que corre en paralelo a —y que choca frontalmente con— la cacareada meritocracia. Que hace que en Nueva York viva mucha gente que, en realidad, hace de todo menos trabajar o trabaja sin necesidad de un buen sueldo. Esos que, digan lo que digan, adelantan por la derecha al hombre hecho a sí mismo, aunque luego te prometan que, para llegar a ser como ellos, nada mejor que el sudor de tu frente. Y es curioso que, como ya me sucedió con Adam, cuando les dices, desde tu código de valores mediterráneo, que no quieres trabajar tanto y prefieres viajar, te miran como si fueras tú el niño pijo que dinamita las reglas del mercado. Paradojas del capitalismo.

LOUIS Y LUIS

*E*n mayo por fin llegó la primavera, que duró tres semanas, y en junio ya estábamos achicharrados de calor. Fue entonces cuando conocí a Louis por Grindr, que después de todas las innumerables opciones que he aprendido que existen en esta ciudad, es un método casi de la vieja escuela, incluso conservador. Alto, pelo canoso, francés, trabajando en esa burbuja que algún día explotará que son las asociaciones sin ánimo de lucro... y bastante guapete. Quedamos en Bryant Park, nos tomamos una cerveza en los alrededores y, pese a que me costaba entenderle un montón con su acento francés (y eso que llevaba en Nueva York diez años y era ciudadano estadounidense), fue una de esas citas en las que uno se da cuenta de que el entendimiento a otros niveles es inmediato. Antes de ir a cenar, al acabar la cerveza, ya me cogió la mano.

Louis tenía el mérito de provenir del mundo de las finanzas y haberlo parado todo para estudiar y reconducir su carrera hacia un motivo más social. No nos vamos a engañar: la jugada le había salido fatal y, a sus cuarenta y tres años, había tenido que cambiar su apartamento individual en el Midtown por un piso compartido en Harlem. Llevaba el descenso de poder adquisitivo y de confort con mucho *savoir faire*, que para eso venía de donde venía, pero tenía el problema de que todos sus amigos se habían quedado en esa escala del triunfador y su consiguiente espiral de gasto, por lo que, aunque en verano podía ir a sus casas —y el verano estaba a la vuelta de la esquina—, tenía verdaderos problemas para mantener sus amistades sin arruinar su cuenta corriente o vivir bajo el paraguas de la compasión.

Louis tenía la sana costumbre de enviarme un mensaje todos los días para decirme *bonjour!* y, aunque tampoco me emocionaban, poco a poco me fueron haciendo más ilusión. ¿Empezaba a endurecerme en Nueva York? ¿O empezaba a entender que no me apetecía pareja en ese momento de mi vida? Louis era todo un caballero que me iba a recoger al Lincoln Center después de ver una sesión del American Ballet con Carlos. Y reconozco que cuando me despedía de Carlos para quedarme con Louis, tenía dudas de si me apetecía más una cena romántica o una sesión de despelleje y risas amistosas. Quizá me había tomado demasiado en serio eso que decía un amigo de Carlos: «En el mundo del *dating* en Nueva York uno tiene que tener piel de cocodrilo», y me había hecho más implacable que los propios neoyorquinos, desterrando los sentimientos al cajón de las vulnerabilidades estériles. Pero si los neoyorquinos de pro hacen eso en pos del éxito profesional, ¿en pos de qué lo estaba haciendo yo si estaba igual, de *free- lance* cochambroso, que cuando llegué? Me estaba quedando con lo peor de los dos mundos: la emotividad yanqui y el sueldo español. Vaya combinación.

Louis aseguraba que era un maestro en la cocina pero nunca conseguía cuadrarlo todo para organizar la cena en su casa, supongo que con el eterno problema de la compañera de piso, así que fui yo el que lo invitó a la mía, con Laurie incluida, que era muy llevadera para las visitas y enseguida entendía cuándo tenía que desaparecer. Cuando llegó a casa y vio que hacía tanto calor, en plan *machoman* nos instaló el aire acondicionado, y Laurie y yo nos quedamos encantados. Mi comida le gustó pero tampoco fue muy entusiasta y nos fuimos a la cama, donde tuvimos muy buen sexo. Eso ya lo supimos ambos desde el momento en que él me tomó la mano en la cervecería cerca de Bryant Park y sentimos la energía que desprendíamos al tocarnos.

Mantuvimos nuestra cita semanal con un ligero desgaste de mi resistencia a entregarme, por lo que todo iba bien, pero el verano ya estaba allí y hacía muchos meses Carlos, Tomás y yo habíamos reservado una habitación tan minúscula como carísima en un hotel en Fire Island.

Carlos llevaba hablándome de ese lugar desde casi nuestros primeros encuentros, y yo había tardado más de un año en vencer mis prejuicios respecto a una isla tomada por los homosexuales y con unos precios tan

113

elevados basándose en el erróneo supuesto de que los gais disponemos de más dinero para gastar porque no tenemos gastos familiares. Pero bueno, como me iba haciendo más desprejuiciado y, sobre todo, más golfo por momentos, había sucumbido. También porque empezaba a ser consciente de que, en general, en Estados Unidos los hoteles son carísimos sin motivo aparente. Total, que decidí apuntarme, una vez más llevado por la curiosidad y el concepto.

Un jueves de julio, el mismo día que desapareció el avión de Malaysia Airlines, tomamos el tren, el bus y el bote que son necesarios para llegar a la finísima tira de arena situada frente a la costa de Long Island y que, por su peculiaridad geográfica, no tiene carreteras ni coches, sino pasarelas de madera para recorrer a pie o, como mucho, en un carrito de golf. Cuando llegamos al hotel, la habitación que nos había costado 1.000 dólares por tres días era casi como un departamento del tren nocturno de Zaragoza a Gijón, y tuve que hacer un monólogo de protesta que juré que sería mi única queja en todo el fin de semana.

—Nos toman por gilipollas y encima nosotros les damos la razón porque aquí estamos —concluí. Respiré hondo y ya me relajé.

Carlos me dijo que seguro que alguno de los tres pasaba la noche en alguna de las sofisticadísimas casas habitadas por hombres millonarios de la ciudad y que, de hecho, tenía todas las esperanzas en mí para conseguirlo. Bueno, eso habría que verlo.

A partir de ahí, no obstante, no tuve que hacer mucho esfuerzo para reprimir mi negatividad porque simplemente se esfumó. La playa era maravillosa, las casas y los paseos por las pasarelas de madera, como una fantasía conceptual hecha realidad, y el ambiente, como una reconstrucción fiel del hedonismo que uno imagina en los años setenta, antes de la aparición del sida. Hay que reconocer que, como colectivo, somos muy poco problemáticos si hay disfrute de por medio, y esa isla está concebida para el placer hasta un extremo que la hace parecer casi una parodia. En el momento en que visité ese supermercado de Pines (la zona rica, nosotros estábamos en Cherry Grove) y en sus pasillos solo había hombres guapísimos con cuerpos esculturales, algunos de ellos sin camiseta, comprando leche de almendras, verduras orgánicas y filetes de atún rojo, entré en un estado hipnótico que no desapareció hasta que nos montamos en el tren de vuelta el domingo por la noche.

En la playa, buenas olas, como me gustan a mí, y cuerpos desnudos, como también me gustan, pero bajo los códigos amistosos de quien sabe que hay que reservarse para la noche, especialmente para la noche del viernes, cuando se celebraba en nuestro hotel la Underwear Party (fiesta en ropa interior). Y, rizando el rizo, justo ese fin de semana se celebraba el torneo de vóley-playa gay del estado de Nueva York, con su consiguiente desfile de musculaturas en movimiento. ¿Hola?

El experimento sociológico de estar en una isla únicamente con homosexuales, con sus códigos, sus prioridades y sin ningún tipo de cortapisas, me provocó un sentimiento de euforia y liberación totales, no tanto porque aquello fuera Sodoma y Gomorra, sino más bien por lo contrario: por esa absoluta placidez, ese intercambio de miradas no vinculantes, ese exhibicionismo y voyerismo reencontrados y retroalimentados. Me parecía todo maravilloso y divertidísimo, y, con esos mimbres, llegada la famosa fiesta de la ropa interior emanaba una energía que me hizo llevarme de calle a todo el que quise, algo que nunca me había sucedido.

—Eres como todas, una loca temeraria —me dijo Carlos, al que notaba que me miraba con el rabillo del ojo entre la risa y la fascinación mientras tampoco dejaba títere con cabeza entre ese público suyo de los «bajitos, morruditos y peluditos».

Al día siguiente, caminando por la isla me encontré a Moisés, el relaciones públicas de los artistas latinoamericanos, y me dijo que esa misma tarde había una gala de ballet en una plataforma sobre el mar con el bailarín brasileño Marcelo Gomes como estrella invitada. Intenté que me diera dos entradas, porque a Carlos le hubiese encantado, pero al final no pudo ser y solo me dio una. Así, al atardecer me puse un poco más elegante dentro del *look* playero y, mientras Carlos y Tomás se quedaban en el Low Tea para tomarse la copa de antes de cenar, yo me fui al postureo del mecenazgo artístico en Fire Island, que aquello no tenía desperdicio y era el paraíso de los *boytoys*. Antes de que empezara la gala, fuimos a una casa de un señor bastante mayor y bastante feo que tenía un marido guapísimo con el que parecían haber tenido una bronca reciente sin superar, y otro chico repeinado, muy bronceado y muy delgadito con amplia sonrisa me dijo:

—¿No nos conocemos? Soy Luis.

No me sentí especialmente cómodo en ese salón cocina donde estábamos todos sentados con las piernas cruzadas hablando de no sé muy bien qué, como si fuera a pasar Annie Leibovitz a hacer unas fotos para *Vanity Fair*. Pero enseguida llegó el minuto de irse a ver el espectáculo, que estuvo francamente bien, especialmente el fragmento de *Romeo y Julieta*. Moisés insistió en que fuéramos a cenar después del espectáculo, que a lo mejor venía Marcelo Gomes, y ahí fue donde dije que no podía dejar a mis amigos solos por lo que, tras consultarlo, decidieron que invitaban a Tomás y a Carlos y que la cena sería en casa de Luis.

Marcelo Gomes, por supuesto, nunca apareció y todo resultó ser una estrategia de Luis, que se había encaprichado conmigo y quería cazarme. Nos sacó todo lo que tenía en la nevera (que no era poco), bebimos ampliamente, bailamos salvajemente y, al final, Tomás y Carlos se volvieron caminando al hotel (previo paso por el bosque que une Pines con Cherry Grove y que es un lugar de *cruising* a la vieja usanza), y yo me quedé, tal

117

como Carlos había vaticinado, en la casa de Luis, que intentó tener sexo conmigo pero yo estaba esa noche de nones.

A la mañana siguiente salí apresurada pero educadamente de su casa, volví caminando por el bosque, esta vez sin escarceos sino con algún ciervo, justo a tiempo para dejar la habitación del hotel y aprovechar un rato en la playa antes de tomar el ferri de vuelta. A la hora de comer, mientras nos tomábamos un bocadillo los tres en la playa, apareció Luis.

—¡Qué casualidad! —exclamé.

—No tanta —dijo él.

Y así me dio su teléfono y me dijo que a ver si nos veíamos esa misma semana en Manhattan.

Quedamos a cenar y ya fuimos conociéndonos un poco mejor. Él era medio de Salamanca medio de Ohio, mezcla que me pareció de lo más cómica, por lo que hablaba un inglés casi más perfecto que su español. No es que cometiera errores gramaticales en castellano, sino que tenía un acento pijo estilo la familia Iglesias que era muy fuerte y hablaba como si solo se hubiese relacionado con abuelas del franquismo. Me llamaba Simoncín y me cogía del moflete. Pero, también relacionado con eso, tenía algo que yo, después de un año en Nueva York y ya con estos pelos, solo podía admirar profundamente: una inocencia y una fe en el ser humano absolutamente inmaculadas.

Cuando me dijo que llevaba ocho años viviendo en la ciudad y alquilando una casa en Fire Island del 15 de mayo al 15 de octubre, no podía entender cómo la experiencia no había hecho mella en esa candidez. Y cuando al día siguiente me dejó durmiendo en su maravillosa casa de dos pisos en Hell's Kitchen, con terraza y jardinero, no pude entender cómo, además de no haber sido violada su inocencia, no había sido expoliado por dejar a la primera de cambio su casa con un desconocido dentro. Esa casa que, como él mismo decía, tenía un salón que parecía trasladado en una burbuja desde Castilla.

—Es Little Salamanca —decía él, y me trataba con un cariño y un amor al que no me quedó otro remedio que corresponder en la medida de mis posibilidades.

Trabajaba en el mercado de materias primas en la sección de azúcar, y en su manera de ser había algo que parecía vivir en la importancia de esas cosas que en el mundo real a nadie se le ocurre que suceden o que pueden mover cantidades de dinero tan grandes. Enseguida detecté que él había visto en mí ese conservadurismo residual que me venía de España, ese candor que pese a todo sobrevivía bajo mi piel de cocodrilo y que él, hipersensible dentro de su tendencia a la simplificación emocional del cuento de hadas, caló en mi dicotomía entre el hogar de valores puros y el desmadre absoluto. La clase sin término medio aplicada al amor.

Pero ¿y Louis? De repente, no tenía uno sino dos novios, para más inri con el mismo nombre, y no sa-

119

bía muy bien qué hacer, porque además se acercaba mi cumpleaños y no podía invitarlos a los dos. Entonces, Tomás, adicto a la jerga emocional de la ciudad, me habló del *benching*. Es decir, dejar a tus amantes en el banquillo mientras estás intentando suerte con la última adquisición.

Justo en ese verano, además, estaba a tope de trabajo porque me tocó cubrir las negociaciones de Argentina con los fondos buitre para el pago de la deuda soberana, un rollo total que implicaba muchas horas de espera en las que yo amenicé a todos los periodistas argentinos haciéndoles partícipes de mi dilema.

El magnetismo que Luis tenía sobre mí (más allá de que podría haberme retirado y solucionar mi vida para siempre con alguien que me quería bien, que era alto, guapo y muy bien educado) residía en su bondad. Pero una bondad que me paralizaba sexualmente ante el miedo de romper lo que consideraba una especie en extinción. Yo le daba lo mejor de mí en términos objetivos: es decir, mi capacidad para crear un hogar afectivo cuando llegara a casa, hacerle una buena cena. Él me adoptó de manera un poco ruborizante para mí, porque le parecía que vestía como un dejado (él iba siempre como un pincel y olía a rosas) y, aunque él asumía con toda la naturalidad que en nuestra relación él era el que ponía el dinero y yo el que ponía el salero, lo hacía sin humillarme. Él lo tenía todo tan claro que a mí me daba vergüenza dudar. Lo llevaba a mis sitios cutres, le canté sin mucha afinación en el Marie's Crisis y lo paseé por el No Parking, a ver si era consciente de nuestras diferencias, pero él parecía sobrevivir a todo.

El día de mi cumpleaños, aunque me regaló una lata de *foie gras*, que sabía que me encantaba, se fue, como todos los fines de semana del verano, a Fire Island y dejó que celebrara por mi cuenta, abriendo vía libre para que su homónimo francés fuera el novio oficial en mi treinta y un cumpleaños. Para acabar de complicar las cosas, Louis asumió el rol de coanfitrión de mi fiesta y apareció en mi casa una hora antes de que todo estuviera listo. Había invitado a cincuenta personas pensando que era verano y casi nadie estaría en la ciudad, pero cuando puse la palabra mágica en la invitación, «Croquetas», confirmaron cuarenta y siete. Así que llegar pronto implicaba verme en mi peor versión, achicharrado después de tres horas friendo en pleno julio unas croquetas que me habían llevado tres días de trabajo. Menos mal que el propio Louis me había instalado el aire acondicionado días antes.

Comenzaron a llegar los invitados y él se presentó a todo el mundo como mi pareja, cuando muchos de ellos eran conscientes de mi juego a dos bandas, y yo decidí darme al alcohol, a marcarme un par de coreografías de Madonna de los ochenta que me sabía de memoria y a dejar que la vida siguiera su curso. Los periodistas argentinos me hicieron inconscientemente el favor de quedarse hasta las mil y monas —además de, uno de ellos, seducir a Laurie— y una amiga mía

121

estaba de visita, así que me dio la excusa para evitar que Louis se quedara a dormir, aunque el hombre, con toda la razón, insistió repetidas veces.

—Pobre Louis. Lo has invitado a una fiesta y se ha pasado toda la noche intentando saber cuál era su rol en tu vida —me dijo Carlos, siempre con la frase adecuada en el momento adecuado.

Y ahí concluí que, a mis recién estrenados treinta y un años, había alcanzado el pico de mi inmadurez.

Esa misma semana dejé a Louis y me fui a Fire Island con Luis para ver qué tal nos iba mano a mano, porque hasta entonces no había conseguido desbloquear mi sexo con él, y mira que él lo intentaba cada noche que dormíamos juntos. Cuando llegué, me recibió con su mejor sonrisa y una cena con amigos, y los dos días siguientes me contemplaba cada segundo con una devoción que empezó a hacerme sentir atrapado en la vida que pensaba que quería pero que claramente me estaba gritando que huyera. Cada vez que entraba al mar notaba incluso buceando su mirada sobre mí. Cada vez que contaba algo de su familia, decía: «Mi tía, que está deseando conocerte». Nadando en su piscina tuve claramente la imagen de que él era Norma Desmond y yo William Holden, que la fatalidad estaba escrita en el guion. Sentí que esa casa perfecta, con esa playa perfecta y ese novio perfecto sumaban el que en realidad estaba siendo el fin de semana más aburrido y asfixiante de mi vida. Con lo bien que me lo había pasado hacía dos semanas en ese mismo escenario con mis amigos y con Luis como corolario anecdótico, ahora me veía atrapado en una rutina que me resultaba violentamente ajena. El complejo de pobre o la certeza de saber que mis sentimientos no iban acorde a ese *look* de pareja de revista hicieron su aparición. En consecuencia, empecé a cocinar de manera casi compulsiva, lo que solo empeoró las cosas, pues Luis se engatusaba más a cada bocado, mientras el sexo siguió sin despegar en nuestras noches piel con piel.

A la vuelta en el tren, después de hacer una sopa fría de calabaza, un atún con sésamo y soja, un solomillo de cerdo con manzana y un hojaldre con berenjenas, quedé con Luis y le dije que había estado dándome tiempo para encenderme pero consideraba que si ya no había sucedido es que no iba a suceder. Se le empañaron los ojos y me dijo que aceptaba, pero que estaría allí para lo que quisiera. No insistió y fue, como siempre, un caballero.

Solo el 28 de octubre me mandó un SMS para felicitarme san Simón. Otro borrón, otra cuenta nueva. Y otra vez, la ruptura acelerada como el menor de los males. Vaya semana más horrible teniéndolo todo en mis manos para ser feliz de dos maneras distintas. Menos mal que, como si lo hubieran previsto todo, en ese momento de total descentre, vinieron por fin a visitarme por primera vez las personas que mejor me podían sentar en ese trance: mis padres.

123

MAMÁ

*D*espués de que los periodistas argentinos me aclamaran como su héroe por mi dudosa gesta, de que Tomás me dijera con sinceridad: «Yo creo que no duraba contigo de novio ni dos días» y de que Carlos me citara a José Saramago cuando decía que «la felicidad es personal», agradecí que mis padres se preocuparan más por si comía bien o si la casa en la que vivía estaba bien equipada que por mi estado sentimental.

Cuando uno vive en Nueva York proyecta hacia el exterior casi automáticamente un modelo de éxito, pero los padres son esos visitantes que, como si fueran los niños de *El traje nuevo del emperador*, no quedan impresionados por nada más que unas necesidades básicas bien cubiertas, algo que en Nueva York, aunque parezca mentira, no es tan fácil.

Pese a mi miedo a que dijeran: «¿Nos has cambiado por esto?», tanto mi padre como mi madre reaccionaron de manera totalmente positiva a todo. Mi padre se puso a arreglar las cosas que no funcionaban, a sellar las grietas entre la encimera de la cocina y la pared, a fijar las patas de la mesa y, de manera que yo entendí como simbólica, a quitar el aire acondicionado que había instalado Louis. Mi madre, además de traer sin declarar una garrafa de cinco litros de aceite de oliva a escondidas de mi padre, enseguida encontró el aceite de girasol que no había manera de localizar en Nueva York en un supermercado polaco en el que entramos cuando los llevé a ver Greenpoint. Además, se entendía sin saber inglés con todos los vendedores de frutas y verduras. Pese a mis dudas sobre mi propia felicidad, ellos dijeron que me veían más guapo y más joven, que se me veía satisfecho y que les gustaba mucho el barrio donde vivía. Ya habían estado en Nueva York, pero mi madre me confesó que, para ella, era impresionante cuán rápida iba la vida, porque nunca pensó que acabaría visitando dos veces esta ciudad y, menos aún, para estar con un hijo suyo.

Conocieron a todos mis amigos, a Laurie (que no puso problemas al campamento base que instalamos en el salón), y se entendieron especialmente bien con Carlos, que, enredador como es él, hablaba de sus aventuras sexuales con personas religiosas (como mis padres) y no se le ocurrió otra cosa que relatar cómo una vez, en pleno coito, un hombre empezó a rezar para vencer la tentación a la que ya había sucumbido. Mis padres se mondaban de la risa, y yo me di cuenta de que estaban mucho más preparados de lo que yo pensaba para entender mi modo de vida, que nunca es que se lo hubiera ocultado, pero en esta ciudad se había hecho notablemente más divergente de lo que ellos me habían enseñado, aunque tampoco era necesario que les diera detalles.

Ni un reproche ni una queja. Se notaba que habían hecho un pacto de disfrutar el tiempo que pasáramos juntos, para darme apoyo en esta etapa de mi vida en solitario y en la lejanía. Sin la tranquilidad moral de estar a cinco horas en coche de su casa, como cuando vivía en Madrid, y con una sola llamada a la semana para solventar mis dudas y mis miedos. También me pareció bonito que, dado que no pasaban por su mejor momento económico, asumieran con deportividad que, por primera vez, era yo el que los invitaba a ellos y no al revés. El ciclo de la vida, que se hace más complicado en el mundo globalizado y en la España de la crisis, porque la familia unida es no tanto una utopía sentimental como geográfica.

Profesionalmente coincidió con que yo estaba bastante motivado, ahora sí, con la cobertura del cese de pagos de Argentina. Como buen cinéfilo, entrar en un tribunal estadounidense y darme cuenta de que lo que se ve en las películas existe (con esos jueces ancianos y muy vehementes llevados a la enésima potencia en la figura del ya legendario Thomas Griesa) daba cierto morbo. No había jurado popular en ese caso, así que a la prensa nos sentaban en las sillas más cercanas al juez, justo detrás de la mítica retratista que compensa la prohibición de sacar fotografías dentro de la audiencia (donde tampoco se puede grabar sonido, así que toca afinar el oído). Como periodista acostumbrado a la cultura, abrir la portada del periódico de turno con tu artículo sobre un tema que jamás pensaste que dominarías también era un orgullo para mí. Y en los periodistas argentinos, a base de esperas, de descifrar mensajes complicadísimos y ser ninguneados por esos abogados-buitre, encontré un círculo amistoso (¡y heterosexual!) muy satisfactorio.

Mis padres me reencontraron «más hombre» en el campo laboral y yo los encontré a ellos más admirables que nunca en el campo humano. Cuando les presenté a mis amigos en una cervecería y salimos juntos a pasear por la calle, mis padres se cogieron de la mano disparando los comentarios de todos, y entonces me di cuenta de que venía de un entorno y una formación sentimental privilegiada, y de que quizá, en esta ciudad de locos, ese había sido el secreto de mi don y mi látigo para la escena gay neoyorquina. Porque llevaba en mí una especie de «sentimiento familiar portátil» que es, justamente, de lo que adolece la mayoría de los individuos de los cinco condados de la ciudad, marcada por la individualidad, la economía afectiva y la no escucha. Y si bien en el entorno amistoso era una baza ganadora, lo que convertía todas mis fiestas y mis planes en éxitos casi asegurados (no solo por la palabra mágica «croquetas», sino en planes como Acción de Gracias, fines de semana en la montaña y salidas a ver museos, al cine y al teatro), en las cuestiones del corazón tenía más contrapartidas.

127

Desde Adam hasta Luis, pasando incluso por Fred, llegué yo con mi sonrisa, mi corazón y mis orejas abiertas de par en par, y al encontrarme con tantas necesidades afectivas desatendidas, me entregaba sin darme tiempo a escuchar lo que yo tenía que decir o lo que mi corazón tenía que sentir o dejar de sentir. Y ese artefacto afectivo, el *wedding material* que había descrito Carlos, se convertía en un arma amatoria más potente que el más grande de los penes en la ciudad del roto y el descosido emocionales.

Una vez subió a mi casa y a mi cama un hindú que conocí por Internet y que a los diez minutos me dijo: «Eres un hombre con un corazón de cien años». Y lo mismo pasó con ese iraní de diecinueve que, cuando todavía no habíamos acabado de echar el primer polvo, ya me estaba diciendo que no quería correrse si no le prometía que nos veríamos una segunda vez.

Así, cuando mis padres me preguntaron, ya a punto de terminar su estancia, que cómo me iba en los amores, les confesé que muy bien en términos de cantidad, pero que al final me cansaba enseguida de todo el mundo y que estaba un poco desconcertado al respecto. Mi madre me contestó:

—Hijo, hay que ver mucho ganado para encontrar un buen carnero.

Qué cosas, había seguido ese consejo casi hasta el paroxismo. Y lo cierto es que si bien nunca tuve culpa con lo que para muchos es el elemento más polémico, el del sexo por el sexo, sí me pesaba el despelote sentimental que había ido causando a mi alrededor con esas buenas intenciones que resultaban ser un caramelo envenenado.

En la última cena antes de irse, aunque fuera delante de Carlos —que enseguida se sumó a todos los planes familiares porque se sintió totalmente aceptado—, mi madre sintió la necesidad de decir:

—Simón, hijo mío. No puedes volver a España. Nosotros te hemos educado en los mejores valores que tenemos, pero —insistió— la vida va muy deprisa y nos damos cuenta de que nuestro modelo no sirve para ti. Aquí te vemos feliz, en tu salsa. Así que lo que tienes que hacer es casarte con Carlos, porque él quiere tu pasaporte y tú el suyo, y trabajar para Hillary Clinton.

129

Y se quedó tan ancha.

Al despedirlos en el aeropuerto, por primera vez desde que me mudé, lloré no de emoción como cuando Edie Windsor, sino de desgarro por entender que, aun en su delirio de matrimonios por conveniencia y trabajos en política, mi madre estaba en lo cierto y acababa de certificar lo que yo no me atrevía a formular: que Nueva York era ya mi casa y no había vuelta atrás. Y que había llegado el momento de rasgar la piel de cocodrilo.

NATHANIEL

—*E*spañoles. No Parking ha muerto —dijo un día Carlos.

Y hubo un minuto de silencio. El bar en el que más me relajaba, en el que más neoyorquino (a mi manera) me sentía, había desaparecido. Los propietarios del local habían recibido una millonada de una cadena de gimnasios y vendido sin pensar en qué sería de nosotros, su público, de esos gogós, de la meningitis y del restaurante dominicano que no combinaba nada con la dieta vigoréxica.

Nunca desde entonces hemos encontrado un bar similar. Otros recuerdan cuando cerró la Sala Roxy o incluso el Splash, la época de los clubes de Nueva York..., pero para mí el hueco que quedará siempre en mi corazón es el del No Parking, y todas las intentonas de recrear ese ambiente de hermosa despreocupación y sana exposición de las carnes han sido en vano, y eso que lo han probado con los mismos gogós, la misma música y en barrios similares. Es la magia de un lugar y de un instante, de unos astros que se alinean.

Carlos, nada más cerrarlo, ya tenía un plan B:

—Aún hace calor —era ya septiembre— y estamos a tiempo de ir a la playa gay de Jacob Riis Park.

—¿Qué es eso?

—Olvídate de la divinidad de Fire Island. Es una playa *Metrocard-friendly*.

Efectivamente, después del despliegue económico, estético y festivo de la isla gay, quedaba por conocer la playa a la que se llega en transporte público dentro de la red del bono de metro, ideal para ir y volver en el día con la fiambrera y la sombrilla. Ojo: nada que ver, pero nada que envidiar tampoco.

Cuando llegamos allí, no cupo duda de que era una réplica diurna y playera del espíritu del recientemente fallecido bar. Pero esta era una disco de varias pistas, porque cada grupo allí presente llevaba su equipo de música, que ponía a tope, y bailaba a voluntad. Los cuerpos al sol impresionaban todavía más, y el erotismo seguía en ese punto de naturalidad absoluta que había sido mi puerta de acceso a mi sexualidad plena y en paz. Por no hablar de que Carlos llegó ahí y saludó a media playa, claro.

Yo me encargué de la comida y Carlos de los cócteles. Tomás prefirió abstenerse, porque él, a esas alturas del partido, sabía que ese no era su *target*, como no era plato de su gusto el transporte urbano. A cambio, vino Roger, que aunque cayó en esa categoría de amigos a los que dejas de ver tan a menudo, siempre estuvo en mi corazón, en especial en el momento en el que ese tipo de planes nos unía. Y así, aunque hasta que conseguimos coordinarnos, preparar todo el kit de playa y cuadrar el sistema de transportes para llegar a la costa de Queens, no fue antes de las cuatro de la tarde, esa era justo la hora en la que la playa empezaba a dibujar su genuina personalidad.

Situada entre edificios abandonados, pero con una arena tan digna como cualquier otra y el mismo mar que baña a todos, pronto nos lanzamos al agua como despedida de un verano bien intenso. Una vez entre las olas, vimos cómo todos esos dioses de ébano que estaban a nuestro alrededor se quitaban los bañadores y se los colocaban en el cuello como si fueran los Sanfermines. Nosotros repetimos el gesto. Y en ese momento, la luz ya de atardecer, el vaivén de la marea, la piel negra perlada de gotas que reflejaban el sol naranja, la nostalgia prematura del fin de verano y el estado espiritual que me habían dejado mis padres crearon un momento mágico en el que solo faltaba que mis compañeros de baño tocaran las maracas para sentirme Ava Gardner en *La noche de la iguana*.

—Eres una Lady Gaga mental. Te gustan las experiencias fuertes —me dijo Carlos emergiendo cual sirenito de entre las aguas.

Y, una vez más, en estado de equilibrio, causé efecto hipnotizador sobre Nathaniel, uno de los bellezones, quizá el más delgadito y tierno de todos, que enroscó sus piernas a mi cintura sin que casi me diera cuenta y empezó a hablar conmigo mientras Carlos

132

desaparecía mirándome con ironía y riéndose de mi manera de caer graciosamente y con cierta autoparodia en los errores de siempre.

Curiosamente, Nathaniel era, para lo que es Nueva York, mi vecino y, además, también era periodista, aunque él de televisión. Su pelo afro era tan voluminoso que tardé en darme cuenta de que, en realidad, era bastante más bajito que yo. Pero tenía una mirada preciosa, un cuerpo bien fibroso y unas manos suaves como la seda. Se reía todo el rato y me mandaba todos los días el mensaje que Tomás siempre decía que esperaba recibir algún día («*Good morning sunshine*»), aunque en su caso con otro remitente más *ad hoc*.

Por primera vez, empecé una relación sentimental interracial y, sinceramente, la suma del poder de los negros en la cama, potenciada por la conexión emocional, era simplemente maravillosa. En un momento en el que Estados Unidos estaba en llamas con las muertes de varios afroamericanos a manos de policías (a Nueva York le afectaron especialmente los casos de Michael Brown en Ferguson y el de Eric Garner en Staten Island), yo había observado que, por las reacciones, la actitudes, la manera de hablar, de gritar y de reírse, me sentía más cercano a los negros que a los blancos en este país. En la batalla sentimental, mi barrio era uno de los pocos en los que realmente se veían parejas interraciales, pero lo cierto es que uno de los grandes mitos que a uno se le caen en Nueva York (y supongo que en el resto del país) es el del mestizaje, pues el problema de la segregación racial es más que palpable. En la cuestión sentimental, que era en la que yo podía hablar por experiencia propia, Carlos me advirtió:

—Muchos negros de Nueva York están cansados de ser los juguetes sexuales de los blancos y que todo se acabe en el momento en el que toca presentar a la familia.

Y así empecé yo, con tanto barullo sociológico, mi relación con Nathaniel, que era una persona de lo más fácil de llevar, cariñosa y agradecida.

Una vez que yo me referí a mí mismo como blanco, me frenó en seco y me dijo:

—Un momento, ¿tú te consideras blanco?

Yo me acordé de mi *performance* en la pista de baile del *voguing* y de cómo aquel negro sí que se había dirigido a mí como blanco.

—Pues sí, claro —le contesté.

—¿En tu perfil en Grindr pones que eres blanco y nunca nadie te ha dicho nada?

—Pues no. Entonces ¿qué tengo que poner? ¿Oriente Próximo?

—No sé, pero blanco no.

Una amiga mía, con el mismo perfil hispano-moro que yo, me dijo al comentar esta anécdota que su chica le había dicho que ella era *brown*.

Nathaniel era de Chicago y venía de una familia también muy entrañable. Pasaba todas las mañanas con su bici por debajo de mi casa y, si no habíamos dor-

134

mido juntos esa noche, me lanzaba un silbido con la esperanza de que yo lo oyera desde mi salón y saliera a saludarlo. Vivía con otra chica negra y, la verdad, me di cuenta estando en esa casa de que, efectivamente, tienen otros códigos de comportamiento, pero, una vez más, un sentimiento de hermandad de minoría que es bastante más cálido que lo que se ve en dos personas blanquitas asegurándose de que su espacio vital no sea violentado. Me acordé de que mi madre siempre, desde pequeños, nos inculcó a los cuatro hermanos un gran amor y admiración hacia la raza negra, desde detalles tan tontos como que a mi hermana le regalaba la muñeca Nenuco negra hasta el hecho de que siempre le escribíamos las cartas al rey Baltasar en vez de a los otros Reyes Magos, porque era, según ella, su amigo personal y le daba un trato especial.

135

Un día invité a Nathaniel a cenar en casa y compré un rape que hice con unas patatas al melocotón.

—¡Oh, rape! Era mi pescado favorito cuando era pequeño. ¡La langosta de los pobres! —exclamó.

Y tras acabar de cenar, me hizo el amor con una ternura, una insistencia y un brío extraordinarios, dejando además transparentar en su mirada un sentimiento que no sé si era amor o capricho de los sentidos, pero me estaba sentando estupendamente.

Estuvimos así dos meses, incluso superó conmigo un septiembre laboral de aquellos que han quedado ya descritos, pero llegado octubre, él empezó a ponerse a dieta porque quería estar estupendo para sus vacaciones en Miami y yo me fui a España con la sensación de que había algo que empezaba a nacer en mí que, en ese mundo *juggle* de parches emocionales, lo reunía todo: la familiaridad que yo ofrecía, pero que también buscaba desesperadamente; la raza negra que, sin duda, conectaba más con mi sexualidad, pese a todo algo esquiva; la estabilidad económica sin lucha de clases; el nivel conversacional completo a todos los niveles; la pasión por la risa retórica; y la visión analítica de la vida. Sí, no era Nathaniel, sino que lo había conocido al principio y no me había dado ni cuenta. Mi madre, una vez más, me conocía mejor que yo mismo. Pero ¿cómo abordar el tema? ¡Y encima con un viaje a España juntos por delante!

ESPAÑA

*P*ues sí, era el momento de volver a España en una fecha no festiva. Ese año me había ido bastante mejor en el trabajo y podía permitirme, en vez de tener que buscar un currillo de sustitución durante el mes de octubre, pasar unos días en mi país y, de paso, asistir a la boda de una amiga del pueblo.

Carlos se había apuntado a la boda como acompañante, ya que, al margen de mi viaje, él también pensaba pasarse por España en esas fechas. Siempre me había llamado la atención que, mientras yo hablaba de Nueva York como la ciudad que me había quitado tantísimos prejuicios, él me hablaba de España como un lugar sexualmente más liberado y me contaba como colmo de la diversidad sexual la anécdota de una pareja de sordomudos a los que conoció en un cuarto oscuro en la Semana Santa de Sevilla. Para mí, mi país, desde luego, había sido, era y probablemente será, merecida o inmerecidamente, otra cosa.

Así que, mientras él iba a darse ese paseo por su España, yo iba a visitar la mía, tan diferentes entre sí.

Ambos nos encontraríamos en Madrid para tomar un AVE y viajar juntos hasta mi pueblo.

En Madrid todo fue maravilloso: reencontrarse con la ciudad en la que te has formado como persona, ver que todos tus amigos se reúnen para verte, aunque también a veces darte cuenta de que ya no son tan amigos entre ellos y no solo se están reencontrando contigo sino entre ellos. Comer bien y barato, claro. Y, con los *emails* que has ido enviando periódicamente, los estados de Facebook y los grupos de WhatsApp ya no hay que hacer tanto resumen de lo que ha sido tu vida en los últimos meses, sino simplemente disfrutar de volver a estar junto a los que todavía son «los tuyos».

138

Para mí sorpresa, o la gente no notaba mucha diferencia o yo en el contexto de siempre actuaba bastante como siempre. Solo un examante me dijo que me veía mucho más atractivo, porque transmitía mucha más seguridad en mí mismo. Pero nadie percibió el sentimiento de ruptura que yo llevaba por dentro.

Aproveché para darme de alta por mi cuenta en la psicoanalista, porque ya de perdidos al río, y vi claro que me estaba poniendo mucha presión en cómo llevaba la gente mi cambio interior —algo que ni se planteaban—, cómo llevaba yo volver a una ciudad en la que quizá ya no me sintiera tan bien —cosa que, esta vez, no sucedió—, y subestimé que la gente simplemente te quiere y quiere verte bien. Aunque yo no tenía muy claro si estaba mejorándome o echándome a perder, pasar por mi país me devolvió la sensación de soberanía sobre mí mismo y me demostró que los demás, cuando vives en el extranjero, no se plantean mucho sobre tu ser más allá de abrazarte, quererte y decirte que te han echado de menos. Eso aligeró notablemente mi tendencia al autoanálisis y a la autodefinición constante sobre mi yo y mis circunstancias.

Con el pueblo, ya el conflicto era diferente. Volver a una boda en una población pequeña y aparecer no solo con unos Manolo Blahnik como regalo (a veces hay que jugar con los tópicos), sino con un negro cubano del brazo como acompañante, era la auténtica terapia de *shock* para un lugar que durante los años del instituto, más que acosarme, me aburrió profundamente y no me dio asideros para la identificación con casi nadie, excepto con la amiga que ahora contraía matrimonio y tres amigas más. Carlos me dijo:

—Dile a la gente lo que quiere oír: que soy tu novio.

Y, claro, eso era lo que me faltaba.

En la boda, me tocó hacer uno de los discursos y aproveché para saldar cuentas conmigo mismo. Agradecí a la novia haberme hecho sentir en casa en un pueblo en el que me había sentido extranjero sin haber viajado a ningún otro lugar. Seguía representando ese reducto de hogar donde, por mucho que hubiese cruzado el océano, entrevistado a gente importantísima, conocido a personas de todas las clases y raza, y afrontando circunstancias complicadas, quedaban perennes, esperán-

139

dome sin nada mejor que hacer, los mayores retos y barreras para ser yo mismo. Y tras soltar, no sin miedo, mi discurso, cuando volví a sentarme en el banco de los invitados, vi que todo el mundo estaba llorando, incluido Carlos, «mi novio».

Después de este acto de liberación, más conciliador que revolucionario, y de ver cómo Carlos se ganaba al personal en el minuto uno, entendí que, por un lado y como no podía ser de otra manera, mi país continuaba adelante sin mí y seguía progresando adecuadamente. No en lo económico, pero sí en la cuestión de ir abriendo la mente. Al final, muchos de mis amigos en España estaban más enganchados a los programas de televisión estadounidenses que yo, que no tenía tele en Nueva York. Y me preguntaban si había visto aquel número de humor del *Saturday Night Live*, o aquella entrevista en el *show* de David Letterman, que qué pena que se despida después de tantos años. ¿Esto es España? Por otro, aunque ya lo sabía, vi claramente que la batalla contra los prejuicios se gana mejor si uno llega haciendo lo que le da la gana e irradiando una envidiable felicidad, que fue la que me acompañó en ese viaje al pueblo con un novio deseado pero, al fin y al cabo, inventado.

Cuando volvimos de allí Carlos y yo, le dije que ya había visto mi parte más vulnerable. Él me respondió: «Más auténtica». Y en mi casa, no solo con mis padres, sino también con mis hermanos, mis tíos, mis primos, él supo navegar a pesar de que decía que nos movíamos con lo que definió como «brutalidad emocional», en el sentido de que compartíamos demasiado nuestras intimidades en la mesa del comedor, lo que le había dejado un poco trastocado después de tener la coraza estadounidense. Pero ¡si él había contado su sexo con un devoto en plena cena! Él se refería a otras intimidades.

Cuando mi madre nos preparó cuartos separados, yo sentí que, tras haber compartido cama en Fire Island y en Puerto Rico, se me hacía poco natural no dormir juntos esta vez. Pero como me dijo Tomás cuando le confesé lo que estaba barruntando: «Carlos ni se lo imagina. Y España no es el lugar para que se lo digas, porque estás jugando en casa». Le hice caso, aunque durante la boda, cuando lo alejé un poco del lugar de la celebración para que pudiéramos ver las estrellas, sentí unas ganas incontenibles de besarlo. En el pueblo de toda la vida, a mi negro.

141

OSCAR

*T*ras aterrizar en el aeropuerto de JFK decidí que tenía que cambiar mi colchón. Por un lado, porque se me había roto; por otro, porque Carlos siempre tenía la teoría de que llega un momento en la vida del emigrante en el que decide que va a invertir en una cama buena y cara, porque sabe que su paso por la ciudad ya no es temporal, sino que tiene que gastarse un buen dinero en esas ocho horas al día (ja, qué más quisiera) necesarias para recuperarse del constante desgaste energético que supone Nueva York.

Estuve mirando camas por toda la ciudad, buscando cupones de descuento o apostando por esperar al Black Friday, que, justo después del pavo de Acción de Gracias, marca el arranque de las rebajas. Sin embargo, encontré el colchón que quería y a un precio irrisorio en un lugar inesperado: Grindr.

Y así, aprovechando que en Grindr solo conoces a gente que vive en tu barrio, al día siguiente, con un carrito de supermercado, trasladamos el colchón de gomaespuma desde su casa a la mía, de tal manera que después de cargar con él por las escaleras, lo metimos por el marco de la puerta, sacamos el mío para tirarlo a la basura (precintado, que si no es ilegal porque propicia la epidemia de chinches en la ciudad) y colocamos el seminuevo. Para entonces, estábamos los dos sudados y jadeando, lo que tenía algo de erótico. Del suspiro al gemido había, entonces, una línea fina, por lo que, aun sin sábanas, culminamos la operación en mi casa y sobre su colchón.

En ese momento me di cuenta de que el sexo había pasado a formar parte de mi manera de relacionarme con la gente en Nueva York. Casi como un apretón de manos. Y me pregunté: «¿Cómo será esta ciudad si realmente me echo un novio formal, como es mi deseo con Carlos? ¿Pasaré a ser uno de esos neoyorquinos que solo protestan por lo sucio que está el metro, por las basuras en la calle, por el frío en invierno y el estrés generalizado? ¿Se acabará el hedonismo? ¿De dónde voy a sacar los amigos (e incluso los colchones) si ya no uso Grindr? ¿Me apetecerá ir a la piscina si no es con el reclamo de la potencial "masturbación asistida"?».

—La pareja te hunde —decía Carlos siempre.

Y de repente me imaginé así: hundido. Sin licencia para seducir era como si a Sansón le cortaran la melena.

Él, en vez de ir al Eagle, como no era muy nocturno, me habló de unos baños rusos que había en East Village que, si bien eran mixtos, tenían una sesión solo para hombres en la que, aunque los dueños mantenían las formas y de vez en cuando entraban en plan redada, todo el mundo sabía que aquello era una sauna gay encubierta.

Por una vez tuve que reconocer que no me apetecía ir al enésimo lugar de sexo, pero sí probar la versión mixta de ese lugar que él había descrito como «muy eslavo», lo cual viniendo de un finlandés es un dato a tener en cuenta. Efectivamente, al llegar allí parecía que el Muro nunca había caído y que estábamos del lado comunista, no en la capital del capitalismo. Siempre ha habido algo en las formas bruscas de los rusos que me ha hecho mucha gracia, y allí todo se elevaba a la enésima potencia.

Los baños rusos de Nueva York, que datan de 1892 y no tienen pinta de haber sido renovados desde entonces, tienen dos dueños: David y Boris. Y cada uno de ellos gestiona el negocio de manera tan diferente que en el calendario pone en negro los días en los que David está al frente, y en rojo cuando es Boris quien lleva la batuta. Si te sacas el bono con uno de los dos, no puedes ir los días en los que está el otro. Nadie sabe por qué, pero es así.

En la entrada, hay una cafetería estilo hospital y dos puertas de acceso a los cochambrosos vestuarios. Una vez adquirida la pulserita en la que se van cargando los extras (masajes, bebidas o comidas), ya te dan la toalla totalmente raída y una toga marrón que es total y que, en cuanto me la puse, se me encendió esa sonrisa que me provoca el surrealismo.

Las instalaciones son verdaderamente antiguas y han quedado al margen de los sofisticados diseños que parecen obligados ahora en cada spa que se abre en cualquier lugar del mundo. Aquí están sin ton ni son la piscina de agua congelada, las saunas secas y húmedas, y la estrella de las instalaciones: un horno ruso que eleva la temperatura hasta tal punto que la única manera de soportarlo es verterse sobre la cabeza y el cuerpo un cubo de agua con hielos que hay en una de las esquinas del recinto. En la otra esquina está el masajista, que básicamente te azota con hojas de roble. Y, ese día sí, me gustó estar rodeado de heteros, con su visión menos sexual de los vapores, su virilidad sin autoconsciencia y sus cuerpos menos estudiados y, por ello, a veces más hermosos. Una tregua. Y todo en ese marco tan primitivo que se sumó a mi lista de lugares favoritos de Nueva York. Después de un zumo revitalizante, nos volvimos Oscar y yo a Brooklyn.

145

Convoqué un gabinete de urgencia con Tomás, que me dijo que, bueno, Carlos lleva mucho tiempo sin pareja y que era difícil cambiar su estatus, porque era un defensor absoluto de la soltería como modelo de felicidad. Y es cierto que él hablaba de los solteros como un colectivo oprimido al que ni siquiera le dejan ser colectivo, porque todo el mundo entiende su estado como transitorio. Una vez, cuando un amigo casado le dijo: «Bueno Carlos, ¿cuándo te vas a emparejar?», él respondió: «¿Y tú cuándo te vas a divorciar? No entiendo por qué asumes que la soltería es un estado de inestabilidad». Razón no le faltaba, pero este argumento a mí no me venía nada bien en esos momentos. Tomás me dio un buen consejo:

—Si quieres dejar de pensar, haz deporte. Pero un deporte de verdad, no esa mariconada de la piscina.

POLE DANCE

Con mi proverbial alergia al deporte en general, la piscina era la combinación perfecta para simplemente descongestionar las cervicales, no quedarme anquilosado y poco más. Lo que llaman «tonificar». Pero a la hora de elegir un deporte «como Dios manda», tenía muchas dudas. Los deportes en equipo se me habían dado tradicionalmente fatal.

Me apunté a tenis, pero en el momento en el que el profesor me dijo: «Empuja como un hombre», decidí no desempolvar más traumas de niño patoso de pueblo en clase de Educación Física. Ya había intentado de pequeño formar parte de un equipo de fútbol siete para parecer más macho, pero cada reacción mía ante el balón lo único que hacía era rubricar mi homosexualidad.

Encontré una escuela que se llamaba, no sin cierta coña, Pole Newman, y cuando empecé a chequear los tipos de clases no daba crédito a lo que estaba viendo: el curso de introducción de llamaba Pole Virgin y el máximo nivel se llamaba Pole Diva, en el que decía: «Traed vuestros tacones altos si queréis». «Madre mía. Eso no me lo pierdo.» Además, la clase estaba frente al famoso hotel para perros de Chelsea (ese que cuesta 200 dólares por noche y perro), y me acordé de Adam, el primero de mis amantes neoyorquinos, a quien imaginé usando ese tipo de servicios.

Cuando entré en el estudio, me recibieron con una charla para quitar cualquier sombra de sordidez a la disciplina. Se sentían obligados a dejar claro que no estábamos pavimentando nuestra carrera hacia la prostitución de lujo con unos vídeos de los últimos concursos de *pole dance* con coreografías verdaderamente bellas. Después, con los efectos beneficiosos del durísimo ejercicio que implica: los médicos lo recomiendan para aquellos pacientes que tienen que fortalecer abdominales después de algún tipo de accidente, y se habla de lo beneficiosa para el karma que es la sensación de ingravidez. «Bueno, venga, menos rollo y al lío.»

Al llegar a la clase no me sorprendió ser el único hombre entre las *vírgenes*. Pero sí la profesora: una negra oronda que uno no sabría decir si no iba a poder con la barra o la barra no iba a poder con ella. Desde luego, nos quitó a todos los complejos enseguida. Nos habló de su espectáculo, que se llamaba Curvas Peligrosas, y ya nos metió en harina. ¡Qué bestia parda!

Con lo que me gustaba ser el mejor en todo cuando era joven, en esa nueva etapa de mi vida, además de asumir que siempre voy a hablar peor inglés que los nativos, también me tocaba asumir que, deportivamente, ya no estaba para muchos trotes. O al menos en ese campo. ¿Cómo competir con las asiáticas y las negras? Parecían, aun en el nivel virgen, haber nacido para eso. Me impresionó ver a las mujeres con una sexualidad tan sobre la mesa, mirándose al espejo sin pudor, moviendo la melena. Molándose a tope. «Dios da pan a quien no tiene dientes», me decían los argentinos cuando se lo contaba. Yo, menos flexible, con los pelos de las piernas dificultándome los giros, con mis rodillas huesudas y mi cuello rígido, era, sin duda, el alumno de integración. Incluso las mujeres más gorditas tenían una mayor fuerza abdominal y un control de su cuerpo más preciso que el mío. Pero llegado el momento de hacer el estilo libre, saqué mi garra indisciplinada y la profesora dijo:

149

—Os puedo enseñar muchas cosas, pero no a disfrutar como este chico.

Poco a poco fui subiendo niveles y, aunque la sensualidad seguía sin aparecer en mis esforzados movimientos, y sí quemaduras, rozaduras, moretones y prácticamente estigmas, notaba cómo me sentaba muy bien al cuerpo y a la mente.

Sin embargo, cuando mi amiga y profesora, la negra oronda, me dijo que ya estaba preparado para ir a Pole Power, otro de los niveles intermedios, eché de menos sus clases para siempre y empecé a ver aquello de lo que casi todo el mundo me había hablado: que en Nueva York incluso el tiempo libre está sometido a una presión y competitividad tremendas. Aunque con las negras me llevaba siempre muy bien, las asiáticas eran de armas tomar, y alguna que otra ejecutiva agresiva estadounidense me miraba con cierto desprecio por no poder abrirme de piernas o hacer un giro de caderas de 180 grados. También empecé a ver que no era el único chico, y eso, al final, me quitó mi pequeña parcela de marginalidad. Y al final, no sé si por desmotivación, en un seminario llamado Poleography me lesioné la espalda en un arqueo imposible y tuve que retirarme hasta nuevo aviso de ese karma maravilloso de la barra. Aprendí a trepar que daba gusto, a dejarme caer boca abajo desde tres metros, a atrapar el *pole* solo con las piernas y, también, a sobrellevar el cruce de destinos con Carlos. Pero nunca llegué, ni me acerqué, a Pole Diva.

150

Así me empezaba a sentir con la ciudad en general: había llegado con mucha fuerza y mucha actitud, pero la técnica empezaba a fallarme, y eso solo se podía conseguir trabajando duro, haciendo callo y, por qué no decirlo, sufriendo. ¿Dónde había quedado mi condena al *fun*? Carlos, como buen *balletómano* y como buen cubano, hablaba poseído por Alicia Alonso y decía que todo se consigue con trabajo y que todo emigrante llega a este país con un tarro de mierda.

—Algunos se lo comen todo el principio, otros se lo comen todo al final y algunos se lo van comiendo poco a poco. Pero esa es la mierda que te corresponde a ti y te la comerás tarde o temprano.

Yo seguía resistiéndome como gato panza arriba a sacrificar mis parcelas de ocio o, en cualquier caso, a convertir lo laboral en el epicentro de mi vida. Había creído que podía ser el listillo español que tirara el tarro a la basura sin siquiera probarlo. Pero por primera vez en año y medio, me entró un amargo sentimiento de repulsa contra Nueva York. Empecé a sentir que, pese a mi férrea voluntad de ser un *outsider* y sentirme feliz con ello, la dinámica de la ciudad empezaba a empaparme en lo más profundo. Como me dijo una compañera dominicana de *pole* respecto al frío de la ciudad:

—Uno piensa que con los años se acostumbrará, pero yo llevo aquí ya quince y cada año es peor. No solo no te acostumbras, sino que se va acumulando.

151

¿QUIÉN?

No sé si por el mal karma de haber dejado la barra o por el efecto que tuvieron sobre mí las palabras de la dominicana, aquel invierno, con lo que a mí me gustan las bajas temperaturas, todo se complicó bastante. Si bien al llegar a la ciudad había tenido mucha suerte por encontrar un piso pequeño, lejano, pero bonito y barato, antes de las Navidades Laurie, con la que había iniciado una serie de conversaciones sobre el hastío *and the city*, me anunció que, al hilo de lo conversado, había decidido que se volvía a Carolina del Sur.

Me lo dijo de un día para otro y con un tono quirúrgico, enfriando drásticamente una relación que, si bien no había sido de amistad profunda, sí había tenido un notable calor humano. Como ella era la dueña del contrato y la amiga del casero, desaparecían las buenas condiciones de precio y tocaba ahuecar el ala. Si me quería quedar allí, tenía que pagar por la misma habitación en la que estaba 300 dólares más. Por supuesto, asumí que se había acabado mi etapa en esa casa. Qué pena, ahora que tenía a Oscar de vecino amigo.

Comenzó la búsqueda, que en Nueva York es casi peor que encontrar novio o trabajo. Aval, historial crediticio, jornadas de puertas abiertas en las que todos los candidatos llegan con los dientes blanqueados y un dosier de méritos. En esas fechas poco probables para la mudanza, no hubo manera de que ningún amigo de un amigo dejara su habitación libre y pudiese entrar yo como inquilino y con buenas referencias de mis compañeros de piso. Pero al final encontré un piso en Jackson Heights (en Queens) con, eso sí, lo que quería a toda costa después de mi experiencia con la chica de Carolina del Sur: un hombre calvo que no llenara todo de pelos.

La habitación era un poco más grande que la de Brooklyn (también un poco más cara, y eso que el barrio era peor), pero seguía dentro de lo razonable. Y pude llevarme mi colchón de gomaespuma que había marcado mi decisión de echar raíces en la ciudad, aunque esta involución no ayudara demasiado y mi estado de ánimo, justo después de hacerme con ese símbolo del compromiso con Nueva York, había empezado a darse la vuelta. Quedaba por ver cuánto tardaría en coger confianza con mi *roomie* para poder hacer algún sarao en casa, con lo que a mí me gustaba, y así desempolvar ese sentimiento novedoso que se extinguía en mi día a día, rutinario aun en su caos. Y, en ese sentido, el cambio de barrio fue, para bien y para mal, un choque cultural.

Pronto empecé a descubrir que a Brooklyn, para

153

lo lejos que está, llegan intactas muchas de las ton-
terías (y los precios) de Manhattan, mientras que en
mi nuevo barrio, en términos de fruterías, carnicerías
y pescaderías, la diferencia era más que notable. Vamos, que era un barrio más pobre pero más humano.
Con más latinos y menos hípsters, con menos fotoge-
nia pero más sabor. Sin restaurantes orgánicos con un
exquisito gusto en la decoración, pero con más tascas,
asadores y casas de comidas. Incluso con una pequeña
zona de ambiente gay que, aunque nunca acababa de
despegar, arreglaba la típica noche en la que uno quería salir con moderación y volverse a casa sin complicaciones. Encendí el Grindr y me pareció todo un poe-
ma, pero repetí la estrategia de los consejos más útiles
de la zona y, además, esta vez directamente en español y con mucho *papi* de por medio.

Pese a mi modesta vida anterior, tuve bastante sensación de que perdía glamur y me decepcioné a mí mismo, con mis odas al Nueva York de los perdedores, sin-
tiéndome un poco esnob en un barrio notablemente
más obrero que mi espejismo humilde de Brooklyn. La
otra casa tenía una chimenea y ventiladores de techo,
pero esta, aunque era más funcional, también era bastante más ramplona. Tendría que trabajar en darle un
poco de luz, limpiar bien los cristales y poner mis fotos o carteles en la pared. Ni Warhols ni grabados de
Goya. Y darme cuenta de que la frialdad final de Laurie sería la relación constante con mi compañero calvo.
Un hola y un adiós.

Pensé que mi suerte cambiaba cuando, después de comer en un restaurante exquisito con Jesús, mi buen amigo hetero, en la zona de los grandes japoneses de Nueva York a precios no tan grandes (el East Village), subí hacia la zona de Flatiron dando un paseo para tomar allí mi tren y enchufé el Grindr. Entonces me escribió un hombre con cuerpo correcto (la foto era un torso sin más) y muy buena conversación que, aunque no se le veía la cara, tenía mucho salero y un toque decadente que me gustaba. Cuando después de media hora hablando le pedí que me mandara una foto, no pude evitar escribirle:

—¡Anda! Si te pareces a un cantante muy famoso.

—Me lo dicen muchas veces.

Pero se parecía tanto que le lancé un par de guiños a las letras de algunas de sus canciones y veía que no se le escapaba ni uno. Además, yo sabía que había puesto música a una obra de teatro que estaban representando en Brooklyn y le dije que «no me atrevía a verla porque creía que el nivel de inglés sería muy alto para mí». Él, claro, me dijo:

—Lo más importante es la música.

Yo estaba ya tan intrigado que sacaba temas muy poco sexis. Así que, llegado un punto, me dijo:

—¿No estás ni un poquito cachondo o qué?

—Todo lo cachondo que me puede poner tomar ahora el metro a Queens. Estoy muy cansado, otro día hablamos. Por un momento he pensado que eras ese cantante.

155

—A veces pasa.

Me fui a dormir, aunque antes de cerrar los ojos, busqué en Internet fotos del cantante en cuestión sin camiseta y las comparé con su foto de perfil en Grindr. Lo que vi no me despejó las dudas, porque no era ni tan distinto como para descartarlo ni tan igual como para confirmarlo. La era del Photoshop es lo que tiene.

Al día siguiente volvimos a hablar, pero él era el que no estaba especialmente receptivo. Yo, que ya no podía con mi curiosidad, le insistí con un fácil: «No seré muy invasivo, solo algo rápido», y, al final, me dio su dirección, que era nada menos que Gramercy Park, el parque privado más bonito de Nueva York, lo cual era como la última pista antes de abrirse la puerta.

Cuando ya estaba de camino, le escribí por el Grindr: «A 2 minutos. Me llamo Simón, por cierto». Él me contestó con el nombre del cantante y a continuación un: «O eso dicen».

Cuando abrió la puerta, efectivamente, comprobé que era él. Ese día se celebraban las elecciones del nuevo alcalde, que sería Bill de Blasio, y él estaba siguiendo las votaciones por la televisión en una casa, la verdad, descorazonadoramente pequeña (y bastante sucia) para el renombre de la figura en cuestión, lo cual me deprimió bastante y me hizo preguntarme: «Si él, que gana una millonada, tiene este cuchitril, por muy bien ubicado que esté, ¿cuánto ganaban Gene o Luis?». Y me acordé de ese reportaje de *Forbes* que decía que en

Estados Unidos las grandes fortunas eran más anónimas de lo que cabría imaginarse.

Me había dicho a mí mismo antes de entrar en esa casa: «Actúa con naturalidad, Simón, no te pongas en plan fan», pero lo cierto es que él parecía no estar interesado en hablar de otra cosa que no fuera su gloria como artista, así que después de varios minutos en silencio (en los que me dio tiempo a observar una casa barroca total, con un oso disecado, dos pianos, varias alfombras, un traje de torero y una cama con sábanas negras sobre la que «yacía» un cuenco con cereales), le dije que lo había visto en concierto en Madrid y que me había gustado mucho. Y allí empezamos a besarnos.

Él, como buen divo, iba en bata, así que pronto empecé a deslizar mis manos por entre los rasos y a tocar esa carne que, al margen de su celebridad, era más atractiva de lo que había pensado. Nos tiramos a esas alfombras que parecían más seguras que las sábanas negras, y ante la mirada del oso, del torero y de los dos pianos, ejecutamos. No fue, desde luego, la mejor sesión de sexo que he tenido, pero sí la más vendible como historia, y fue cuando sucedió esto cuando mis amigos heteros me dijeron:

—Simón, tienes que escribir un libro con todas tus experiencias.

Carlos y Tomás nunca se enteraron. En esa época yo estaba más calladito, por si acaso a Carlos le daba por sentir algo hacia mí y mis escarceos sexuales le

157

hacían desestimar la idea (algo que a mí no me pasaba en el sentido inverso, pues seguía sintiendo que me quería y que tenía que darse cuenta), amén de que tanto Carlos como Tomás podían escribir su propio libro solo con sus experiencias, porque al final todos podríamos escribir un libro sobre la ciudad en su extraordinaria vida ordinaria. El de Carlos sería sin duda el más fuerte, con esa dinámica de Harlem y El Bronx que está fuera de los límites de lo verosímil, y el de Tomás, el más sofisticado y representativo del mundo del ejecutivo americano, al final más aburrido bajo mi punto de vista. En esto sí que yo era la clase media.

El caso es que en esa época en la que apenas comentaba si me tiraba a unos o a otros y escuchaba con resignación el entusiasmo de Carlos hacia su chico español, cuando quedamos para nuestra «cita con la vida», si bien los análisis del VIH salieron negativos, a las dos semanas me llegó una llamadita del laboratorio para decirme que habían salido positivas las pruebas de la gonorrea. La madre que me parió. Y, pese a todo, mi reacción natural fue contárselo al que era, también pese a todo, mi mejor amigo en la ciudad.

—Si fuera una gripe, no estaríamos hablando de esto. Es difícil quitarse 2015 años de peso cultural, pero una enfermedad de transmisión sexual es igual que cualquier otra —dijo Carlos.

De acuerdo, pero yo sentí que tenía que volver al *pole dance* a poner en orden mi vida. Con la inyección correspondiente y el tratamiento posterior me fui de escapada rápida a España, otra vez, para pasar las Navidades. Aunque no tenía claro si había sido él o algún sexo oral gimnástico, le escribí a nuestro querido cantante y le informé de la buena nueva, para que se lo hiciera mirar. No me contestó, aunque al cabo de los meses me preguntó: «¿Te gustan los grupos?». Y no, no estaba hablando de música.

RAMI

El viaje a España me dejó el corazón más cálido pero la cuenta corriente tiritando, así que en la época más complicada de mi vida en Nueva York hasta la fecha —o al menos, la que me estaba dejando un regusto más miserable— me tocó dedicarme a escribir sobre el sector más adinerado de la ciudad: el de Wall Street. Estábamos ya en 2015, el precio del petróleo estaba por los suelos, el dólar disparado (y de ahí también mi miseria, con lo que perdía en el cambio), con Grecia en particular y Europa en general al borde del colapso. Así que, pese a mis reticencias ideológicas y con el caso de Argentina totalmente encallado, me tocó lanzarme a la piscina del tío Gilito.

Allí, además de llevar el traje a la tintorería como rutina, aprendí a derribar varios mitos sobre la complejidad y la capacidad de análisis de los inversores (por lo que pude ver, bastante impulsivos y con un comportamiento muy borreguil), por no hablar del neoliberalismo, totalmente enganchado a las ayudas públicas de la Reserva Federal. Y, lo más inesperado y en parte un poco doloroso por ver lo separada que está la esencia de las personas de la ética de su profesión (a veces me incluyo), fue allí donde conocí a algunas de las personas más nobles y generosas de mi repertorio neoyorquino. Además, en esa época cambié mis gimnasios de la 23 y la 56 por el de South Ferry, justo al lado de Battery Park y del toro de Wall Street.

En menos de un mes me vi entre un grupo de gente relacionada con las finanzas, lo que era ya mi enésima y más imprevista reinvención. La que me introdujo en ese mundo fue Carmen, una española que trabajaba en las temidas agencias de calificación pero que me hacía de fuente para cuestiones de, precisamente, deuda externa de los países. Con ella tuve un flechazo amistoso, no solo porque era de Extremadura y un día me invitó a tomar torta del Casar, sino porque me recordaba a esas mujeres enjutas, sacrificadas, aparentemente frías pero enormemente vulnerables de la familia de mi padre. Ella debió sentir algo igual conmigo, porque a pesar de su apariencia infranqueable enseguida entabló una relación de mucha confianza más allá del trabajo y me presentó a su círculo de amigos: un ejecutivo de un fondo de inversión, un bróker y una consultora para fondos de riesgo.

—Te estás haciendo amigo de esos pichones de buitre —me dijeron mis amigos argentinos parodiando el lema kirchnerista de «Buitre o patria».

Cada uno colabora con el desastre mundial en la medida de sus posibilidades, imagino, pero a mí me

161

costaba discutir sobre moralidad con gente de humanidad tan notable en el círculo íntimo, igual que tampoco admiraba automáticamente a esas personas que consagraban su vida a la solidaridad en sus trabajos pero luego no hacían más que tiranizar a su entorno más cercano, ni a algunos trabajadores de la ONU que, mientras salvaguardaban la paz en el mundo, eran de un elitismo insoportable.

Por un lado, me acordé del consejo que una vez me dio otro compañero en una cena de periodistas españoles:

—Esta ciudad no tiene por qué ser cara si uno no quiere. Estás jodido si empiezas a juntarte con gente de mucho dinero, eso sí.

Pero por otro, ellos pronto entendieron que yo colaboraría en la medida de mis posibilidades y, sobre todo, con mis dotes culinarias cada vez que tuviera la oportunidad. Así, ese invierno, que fue cuando recomendaron a la gente no salir de casa debido a la tormenta apocalíptica por la que cerraron hasta el metro y establecieron poco menos que un toque de queda, todo el grupo nos fuimos a casa de Carmen, al lado del World Trade Center, y allí me encargué yo de afrontar el fin del mundo al estilo *Melancolía* de Lars von Trier: abriendo buenos vinos y cenando de maravilla una ensalada de naranja y anchoas, unos mejillones al vapor y un lenguado al horno con mango y tomates secos. La tormenta se desvió y al final fue una nevada convencional, pero esa noche nos unió como unen las tragedias.

Cuando nos añadimos a Facebook, Carmen y yo descubrimos que teníamos un amigo en común que vivía en Michigan, así que, como si no hubiéramos pasado suficiente frío ese invierno, allá que fuimos a verlo a él y al lago helado. Carmen no me dejó pagar el billete de avión. Y ese año decidí no viajar al Caribe con Carlos y Tomás, que se fueron a Costa Rica, y me fui con mis amigos financieros a Cape Cod, ayudado porque acababa de recibir la devolución de impuestos, que siempre me daba un pequeño respiro, y pude asumir los gastos. Pedí elegir la casa yo para controlarlos un poco, con tanta suerte que encontré un rincón maravilloso, con muelle a un lago y todo, en el que pasamos un fin de semana alucinante.

Con el fin de la primavera, mientras China provocaba las mayores caídas en la bolsa de Nueva York, también llegó para mí lo que, en algún momento de la vida, un neoyorquino tiene que hacer sí o sí: pasar un fin de semana en los Hamptons. No llegué a saber cuánto costaba la broma, porque me volvieron a invitar, pero desde luego me empleé a fondo en la cocina para encargarme de que nadie se arrepintiera de haber arrimado el hombro para que pudiera ir y disfrutar de esa arena maravillosa de Coopers Beach adonde, bromeaban, me llevaban a encontrar mi *papichulo*. Estando allí, me llamaron del periódico en España y me dijeron que tenía que escribir un perfil anecdótico sobre quien había decidido postularse como candidato republicano a la presidencia estadounidense: Donald Trump. Y los expertos en bolsa y en dinero me ayudaron a hacerlo, sin dar ningún crédito a sus ambiciones políticas.

Aunque volví de los Hamptons sin probar hoja verde, el *papichulo* lo encontré en el gimnasio cercano a Wall Street. Era Rami, un palestino que trabajaba para un banco de inversión alemán (de nuevo, esas mezclas que me resultan irresistibles). Él vino a confirmar mi tirón con Oriente Próximo en general, porque se fascinó conmigo. Rami pensó en un principio que yo era iraní, lo cual era el enésimo ataque a mi *blancura*. Y empezamos a hablar un poco de las paradojas de la situación financiera del momento (quién me lo iba a decir a mí, una vez más) con un claro subtexto sensual, pues yo también soy muy fan de esa región en términos de anatomía y este chico estaba bastante bien.

Rami era enfermizamente tímido, hasta el punto de que, cuando quedábamos y nos encontrábamos, al clásico andar torpe de los nervios él añadía una cojera bastante cómica que luego se le iba pasando conforme se relajaba. Tenía una casa en Brooklyn Heights que le habría costado una fortuna (aunque no era las del paseo, que no eran tan *papichulo*) y no podía parar de lanzarme piropos, lo cual a mí siempre me acaba resultando un poco molesto, pero compensaba con lo demás. Para cenar me preguntó qué tipo de comida me gustaba (japonesa, por supuesto) y me invitó al mejor de su barrio. Llovía a cántaros pero la comida estaba deliciosa y, medio empapados, subimos a su casa, que tenía una energía tristísima pese al esplendor. Comenzó a relatarme la vida de su familia: expulsada de Palestina en 1948, se había instalado en Beirut, donde su madre casi pierde la vida al dar a luz a Rami, sufrieron las dos guerras y su hermana superó a duras penas un tiroteo. Él, además, había nacido con problemas de espalda que habían tenido que corregir con una prótesis en una vértebra, lo cual creo que explicaba la cojera.

Hablando con él tuve un poco de *flashback* a Fred, pero con una persona de apenas cuarenta años. Tenía una página de la historia ante mí y, también como con Fred, me salió del alma el sexo por compensación, aunque eso sí que era un *too much drama* en condiciones. Con esa intensidad del desamparado, el erotismo fue espectacular, pero cuando le dije que se pusiera el preservativo me dijo:

—No lo necesito porque estoy en PreP.

What? Era la primera vez que lo escuchaba, pero en el momento solo dije:

—Me da igual, ponte el preservativo.

Esa noche me quedé a dormir allí y, ya que volvía a Brooklyn, por la mañana le di una sorpresa a Oscar y desayuné con él como en los viejos tiempos. Después de ponernos al día, de contarle mis idas y venidas con Carlos, con el cantante, la gonorrea y todo lo demás, le pregunté:

—¿Qué leches es el PreP?

Sonrió y me dijo:

—No estás nada en la onda, Simón. Es la medicación que hace que puedas follar sin condón. Es el tratamiento del VIH de manera preventiva: pero, vamos, que todo lo demás lo pillas igual y las enfermedades venéreas se han disparado, como bien sabes. —Se rio.

—¿Tú lo usas?

—Qué va, me da miedo todavía.

Primera noticia para mí, que pensaba que con mi voluntariado en GMHC era un as en la materia, aunque cuando me dijo que el medicamento era Truvada sí me acordé de que estaba entre el abanico de posibilidades para los pacientes con los que hablaba. El caso es que a partir de ahí no dejé de oír hablar del dichoso PreP por todas partes y decidí, ya que estábamos, escribir un artículo sobre eso. Precisamente, la red de masajes, aunque ya había dejado de usarla, hizo una charla con un especialista en la materia que explicó todo muy claro, siempre desde una perspectiva totalmente a favor, pues la charla se titulaba «PreParados para el placer». Y, además de datos que probaban su eficiencia, me llamó la atención, una vez más, el vuelco de las autoridades en la lucha contra el VIH: en Nueva York y en Washington D. C. las autoridades sanitarias habían otorgado ayudas a los seguros médicos para que incluyeran este tratamiento en la población de riesgo, entre la cual los homosexuales estábamos incluidos, cómo no.

Yo que, como dice Milan Kundera de los europeos, soy más del amor extracoital, y que en mi casa siempre hemos sido de curar los catarros con miel y eucalipto, no me veía tomándome un compuesto químico cada día para poder realizar la penetración sin preservativo, pero me acordé de esa frase de Carlos el primer día sobre las orgías de negros: «Con esas pasivas que se dejan penetrar sin condón no se puede competir». Me pregunté si esa época de libertad sexual sin culpa ni miedo estaba a punto de volver, como esos años setenta en los que Carlos siempre decía que tendría que haber vivido. Y si yo estaba preparado para algo así. También, desde luego, al pensar en eso fui consciente de cómo me acordaba de Carlos.

—Loca, te borraste —me dijo cuando fuimos a hacernos de nuevo las pruebas del VIH y yo llegué con esta novedad informativa del PreP.

Le dije que había estado muy liado para no tener que explicarle que cada vez me costaba más verlo como amigo, pero después de nuestro encuentro, también decidí que no tenía que perder más el tiempo con Rami.

Tomás, por su parte, ya que trabajaba en el mundo de la ciencia, nos explicó que, en efecto, la eficacia del PreP estaba probada médicamente y que, si bien podía dañar el riñón, aseguraba que acabaríamos acostumbrándonos, como nos hemos acostumbrado a la píldora anticonceptiva.

—Si lo piensas, es más probable que te tomes una píldora de buena mañana con el café que, en pleno calentón y bastante borracho, te pongas un condón —concluyó.

Y, en el momento en el que las puertas del sexo libre se abrían, también hablamos de Trump y su decisión de cerrar a cal y canto la frontera de México.

—Yo ya he vivido una dictadura, no le tengo miedo a nada —dijo Carlos.

—Sería fantástico tener a Melania Trump de primera dama —ironizó Tomás.

Y yo pensé que mi madre tenía muy claro que el éxito en este país venía de la mano de Hillary Clinton, y las madres siempre tienen razón.

SERAFÍN

*S*erafín no es el nombre de ningún amante con el que me acosté en Nueva York. Serafín era mi abuelo y falleció ese septiembre, en plena Asamblea General de la ONU. Era la primera muerte importante de mi vida desde que había cambiado de continente y, la primera en la frente, también la primera causa que desatendí con la triple excusa de la distancia, los precios y el momento laboral.

En mis visitas a España había estado tan pendiente de qué cambios percibían en mí los demás que se me olvidó que lo más doloroso de emigrar es que el que se pierde los cambios (los buenos y los malos) eres tú, que eres el que estás fuera mientras tu vida anterior sigue. Y así, la muerte de mi abuelo me afectó de una manera algo desproporcionada para la relación real que tenía con él, porque me hizo ver que no iba a estar para reaccionar ante lo inesperado, empezando por darles un abrazo a mi padre y a mis tíos en ese funeral. De ahí salté a que tampoco asistiría a cosas más generales: el envejecimiento de mis padres, los embarazos y partos de mis amigas y hermanos o, en general, la vida diaria de esos seres que, aunque a veces se me olvidaran por los brillos de la novedad y que no queda más remedio que mirar hacia delante, tenían un peso importantísimo sobre mi emotividad.

Mi padre, hombre de pocas palabras, dijo que estaba bien, que no me preocupara. Pero en esos momentos en los que no se puede decir nada porque no hay nada que decir, es cuando más se echa de menos la posibilidad de aportar el simple apoyo de la presencia física. Lo único que se me ocurrió fue irme un día al monte y caminar durante cinco horas en pleno otoño, con las hojas en colores fulgentes, y recuperarme con esa naturaleza que me conectaba a lo más original de mí: a la tierra, al campo, al río y a los árboles. A llorar y a curarme. Luego también me fui a cantar al Marie's Crisis, donde algunos de los miembros de esa familia de los primeros días me preguntaron que por qué había estado tanto tiempo sin ir.

Ese mismo año también se murieron tres padres de amigos: uno de los del sector financiero, otro de los periodistas argentinos y el de otra colega cercana. Todos ellos estaban en sus respectivas casas cuando esto sucedió, por suerte. Pero todos ellos me dijeron luego que el luto en la distancia era raro, porque era fácil confundir la muerte de un familiar con una época larga sin hablar con él. De repente, un día te conectas al Skype y es entonces cuando te das cuenta de que tu padre ya no puede hablar contigo. El duelo es menos intenso, pero uno queda en un limbo en el que nunca sabe si lo superó o lo olvidó momentáneamente.

En cualquier caso, supe que, a los treinta años, justo cuando yo había abandonado mi país, comienza la época en la que uno se empieza a familiarizar con la muerte, si es que ha tenido la suerte de librarse hasta entonces. Carlos, tras su epicureísmo y aunque proclamaba con gesto épico que tenía «un máster en emigración», llevaba dentro a un cubano silencioso, curtido en una odisea vital con mil pérdidas, grandes y pequeñas. Me decía que los de «la fiesta Zapatero», con nuestras becas Erasmus y nuestro Ryanair, no estábamos preparados para la vida. Y era verdad que nuestra vida ha sido siempre fácil y cómoda, pero yo insistía en reivindicar el desgarro del que no tiene derecho moral a quejarse porque ni llegó en una patera, ni fue exiliado político ni está viviendo debajo de un puente, pero aun así lucha con las pequeñas tragedias de abandonar un país.

—Guárdate las lágrimas. Ya estás partido en dos, como todo emigrante. Y la emigración es un estado que nunca se acaba —sentenció.

171

TOMÁS

*E*se mismo otoño de 2015, Tomás nos anunció que la empresa lo trasladaba a Chicago. Él estaba muy contento, porque era un ascenso laboral y, a partir de entonces, se pudo permitir asumir los pequeños fracasos personales que la vida en Nueva York le había propiciado y que, como si uno estuviese sujeto a un contrato de confidencialidad, solo reconoce abiertamente una vez que se va. Esto es: la inmensa soledad, la implacable rapidez, la tiranía de la vida profesional y esa condena al *fun* en el tiempo libre que, como él mismo describió, no le había dejado leer un libro completo desde que puso un pie en la Gran Manzana.

Por alguna razón, con Tomás yo no podía ocultar lo que pensaba, y se me notaba aunque no dijera nada. Y él me mandó luego un mensaje diciendo: «Me ha gustado ver que no te has alegrado nada por mí». Éramos, al fin y al cabo, como hermanos en la familia que uno reproduce en la nueva ciudad. Más hermanos que amigos, porque pese a no tener mucho que ver, discrepar en prácticamente todo lo esencial, nos aceptábamos tal cual éramos. Aunque a mí me encantara perderme por los bares más inmundos y él no permitiera a sus *dates* ni medio patinazo en cuestiones de protocolo social. Objetivamente, los dos sabíamos que en Chicago le iba a ir mejor, porque la ciudad se adaptaba más a su concepción de la vida, más conservadora, y allí el círculo se estrecharía para ejercer mejor las influencias y también controlar mejor los sentimientos. Así que hubo que asumir su marcha como un paso no solo profesional.

Los dos sabíamos, también, que aunque Chicago estaba en el mismo país, a tres horas en avión, con el mismo número de móvil, nada volvería a ser lo mismo. Porque ya habíamos visto que Nueva York no perdona y el que se va se ha ido. Tomás mismo nos había contado en tiempos que cada día entran 6.000 personas y se van otras 6.000 de esta ciudad. Así que los neoyorquinos se deben al presente. Un día, por alguna razón, se van tus mejores amigos a la vez y tienes que montar tu entorno emocional desde el principio. Y nadie pensará que estés solo porque te lo mereces, sino que, simplemente, vives un éxodo de tus más allegados.

—Hay que asistir sin dolor al fin de la amistad —dijo Carlos, que había tenido que reconstruir su círculo de amistades repetidas veces y que, en el camino, había aprendido a aferrarse sobre todo a sí mismo.

Yo intenté restar emotividad a mi reacción, me di cuenta de que, a pesar de que quería dedicarle esos últimos meses a Tomás, casi siempre había algo urgente que me lo impedía a mí o se lo impedía a él, y su úl-

173

timo mes fue igual que todos los demás, pero con una fiesta y un regalo de despedida. La vida no nos dejó despedirnos «a la española», porque ya éramos neoyorquinos con la agenda repleta, porque teníamos visitas o las energías mermadas al final del día por mucho que nos hubiésemos prometido una salida entre semana al Eagle, como aquel día del *strip-billar*. Eso sí, cuando llegó Halloween, sí que fuimos Carlos, Tomás y yo al legendario bar, que en los días clave se deshace de su lado más decadente —aunque algo queda— y se llena de macizos.

Esa noche entramos a matar y matamos. Nos rendimos a nuestra sentencia de cadena perpetua a la diversión y el desenfreno, y nos perdimos en esa marea de cuerpos eligiendo los más hermosos. Ellos se dejaron elegir, haciendo gala de esa magnanimidad que las grandes bellezas hacen en toda orgía, disfrutando de ser el centro de atención. Y así, durante tres horas, sentimos que habíamos conquistado Nueva York y que Tomás tenía su merecida traca final.

Sin embargo, los caminos divergentes entre Tomás y yo no solo eran geográficos. Mientras él recogía los frutos de haberse dejado la piel en la industria farmacéutica, a mí me pasaba factura haber optado siempre por ser un trabajador satelital del sistema estadounidense y deberme a mi madre patria a cambio de unas vacaciones de las de siempre y aun a costa de una precariedad económica perpetua. Pero llegó un momento en el que las cosas se complicaron: el pe-

174

riódico me dijo que bajaban las tarifas y que, lo sentían mucho, pero estaban de recortes otra vez. Y decidí que hasta ahí habíamos llegado.

En un acto de heroísmo un poco patético, los mandé a freír espárragos y así dinamité mi estabilidad de perfil bajo para encontrarme, directamente, en un estado de fragilidad económica total. Mi madre, por supuesto, apoyó la valentía con su fe en que Hillary Clinton llegaría en cualquier momento, pero lo cierto es que al mes siguiente pensé que yo también me tenía que ir de Nueva York y por una vía muy diferente: con el rabo entre las piernas. Con mi visado I solo podía trabajar de periodista, que es como decir después de que se invente la imprenta que tienes visado de escriba. La otra opción era trabajar de trapicheo como recepcionista, actividad que yo había desempeñado. Y en esa situación constaté que Nueva York sin trabajo no es la ciudad más agradable del mundo.

Laurie (que es verdad que dejaba todo lleno de pelos pero, al contrario que mi nuevo compañero, sí hablaba) siempre decía a todas mis visitas que para entender Nueva York no había que ir al MoMA o subir al Rockefeller, ni siquiera perderse en esa noche que yo conocía tan bien o en Central Park. Había que hacerse con un maletín y, con cualquier excusa, solicitar una reunión con algún directivo de una empresa. Y es por eso que yo, autoproclamado maestro del tiempo libre, me sorprendí a mí mismo con un ataque de pánico profesional tras quedarme no tanto sin dinero, que tam-

175

bién, sino sin coartada laboral ni identidad profesional. Sin poder hacer un intercambio de tarjetas o responder con honestidad a la pregunta con la que empiezan todas las conversaciones: «¿En qué trabajas?», puse en práctica eso que dicen los estadounidenses: no están en apuros, sino asumiendo retos. Yo decía que estaba «reinventando mi camino profesional», pero en mi fuero interno estaba rozando límites de histeria desconocidos para mí. Estuve tan centrado en mi crisis que luego me di cuenta de que ni siquiera había dejado espacio para echar de menos a Tomás, que mi vida, aun con su vacío laboral, había arramplado con esa amistad que yo decía proteger de ese capitalismo que demonizaba, pero del que me estaba quedando poco a poco con todo, menos con lo único bueno que tiene: el dinero.

Ante esa bofetada de realidad, llegó también una pequeña caricia: mi carácter siempre sonriente, ese «hogar portátil» que yo llevaba a las coberturas más aburridas, a las fiestas familiares para los que nos quedábamos sin familia en Nueva York o a cualesquiera planes en los que participara, había sido un *networking* indirecto y ahí estuvieron los periodistas argentinos echándome un cable, avisándome de que necesitaban un jefe de prensa en la Misión Permanente de Argentina ante las Naciones Unidas. Y así, tras mi gesto de dignidad mártir hacia el periodismo, me vi lanzándome apenas unos meses después y en caída libra al mundo del cinismo y la burguesía gris del organismo internacional.

UNITED NATIONS

*C*uando uno entra a la sede de las Naciones Unidas tiene que pasar un control de seguridad que no es muy diferente al de un aeropuerto, lo cual no extraña a nadie. Pero lo que sí llama bastante la atención es que, al salir, los policías también actúan como en un aeropuerto y te dicen: «*Welcome to the United States of America*».

Efectivamente, por usar la terminología de relaciones internacionales, la ONU no es, ni *de facto* ni *de iure*, territorio estadounidense ni parte de Nueva York. Nada allí dentro tiene que ver con los códigos, los ritmos, las presiones y las obsesiones que rigen el resto de la ciudad.

—Hemos estado mirando tu currículum y no entendemos por qué quieres trabajar con nosotros. Tu trabajo anterior parece, y perdona la honestidad, mucho más interesante que este. Y no queremos más gente frustrada en esta Misión —fue lo primero que me dijo quien me hizo la entrevista.

—Honestamente también, le digo que el periodismo no da dinero y uno tiene una edad en la que sus prioridades van cambiando.

—Estupendo. Necesitamos alguien familiarizado con las Naciones Unidas y ya veo que has cubierto varias Asambleas Generales y, desde luego, que dominas el tema de la reestructuración de deuda soberana, que has estado cubriendo los juicios en Nueva York. Este es el principal tema que Argentina defiende en la ONU y siempre se hace muy árido para los medios, así que si puedes tú explicarlo de manera sencilla, mejor. Nunca aspiramos a tener periodistas con tanta experiencia en la cobertura de noticias, pero si tú estás de acuerdo, nosotros encantados. Te vamos a hacer una prueba por si acaso, pero si quedamos satisfechos, danos un tiempo para arreglar el visado y ya vemos cuándo te puedes incorporar.

Maravilla. Hice la prueba, quedaron «encantados» y en tres semanas ya estaba con mi visa de cuerpo diplomático, cobrando un sueldo fijo (que tampoco era una maravilla) y con los festivos de ambos países: los de Argentina y los de Estados Unidos. Además, como la Misión estaba en las inmediaciones del edificio central de la ONU, comía todos los días con Carlos; después de la marcha de Tomás, fue una manera de que no se disolviera nuestra relación y de que yo fuera normalizando nuestro pequeño problema de diferentes expectativas.

Conectar el Grindr en la ONU era casi como conectarlo en un concierto de Madonna: parecía que los gais no estaban alrededor, sino unos encima de otros, porque se encontraban todos a menos de cien metros de distancia. Y aunque los dominios del organismo internacional también tenían su propio ritmo en cuestión de ligoteo (mucho más pausado y precavido, como de vuelta al pueblo, donde hay que cuidar la reputación), entablé algunas relaciones interesantes enfundado de nuevo en mi traje y con corbata, como todos ellos. Con mi habilidad para escuchar problemas ajenos y, como me había adelantado quien me entrevistó, con la cantidad de gente frustrada que recorre a diario esos pasillos, no tardé en hacerme más útil en los tiempos de la comida o el café que en la oficina, donde también cumplía a las mil maravillas con la cuenta de Twitter de la Misión y las notas de prensa, incluso montando algún sarao con motivo de exposiciones o ciclos de cine a los que se venían todos mis amigos. Nos lo pasábamos genial, lo cual hacía pensar engañosamente a mis jefes que el evento había tenido una gran repercusión.

179

Por aquel entonces la ONU, a pesar de su imagen de estar continuamente salvando el mundo, solo reconocía los derechos de las parejas gais si en sus países de origen así lo hacían; por eso, las bodas tardías o por conveniencia eran un clásico entre mis nuevos colegas y yo, para no perder la costumbre y a pesar de las tiranteces (las mías), me llevaba a Carlos de acompañante.

La primera de las parejas rondaba los cuarenta y representaba la otra cara de la moneda del Nueva York gay que yo había frecuentado. Los dos se consideraban católicos y el que era mi amigo, Pierre, había llegado de Luxemburgo y entendía que esta ciudad ofreciera todas las posibilidades de la contemporaneidad y la tecnología, pero él estaba harto de que nadie respetara la cláusula básica de «es mi marido» y no se reprimiera de tirarle los tejos a uno o a otro, presuponiendo que en Nueva York todas las parejas son abiertas. Me impresionó que alguien volviera a aferrarse a argumentos que, hacía tres años, eran para mí de una lógica aplastante pero que había ido dejando caer en el olvido.

La segunda boda fue la de un compañero de Carlos, Lisandro, y ambos nos fijamos, creo que por primera vez, en el mismo hombre. Fue mi debut en el mundo de los tríos. Mira que había explorado muchas variantes del sexo con más de dos, pero nunca la de tres. El objeto de nuestro doble deseo era un chico chileno, Hernán, que, a su vez, estaba con su pareja en esa misma boda. Como su novio había sido trasladado antes de que la ONU reconociera el matrimonio homosexual, Hernán había tenido que casarse con otra amiga que también trabajaba en la ONU (y también estaba en la boda) para venirse a vivir a Nueva York. Qué complicado todo. Y esa noche el sexo fue rarísimo, porque aunque tanto Carlos como yo no interactuamos demasiado (de alguna manera, funcionamos como la típica pareja que ya está hastiada e invita a un tercero para no ser infieles pero también para tocarse lo menos posible), hubo una tensión sexual no resuelta que a mí me dejó totalmente agotado e insatisfecho, a pesar de que Hernán estaba como un tren y tenía ímpetu sexual para dar y tomar.

Al día siguiente, Lisandro me dijo que algo había pasado en su boda que hizo que todo el mundo acabara como el rosario de la aurora; él había recibido en su móvil una foto de uno de los invitados desnudo y erecto, diciéndole que había sido el novio más guapo que había visto en su vida. Cómo está el patio de las Naciones Unidas. ¡Menos mal que había que cuidar la reputación!

Carlos, a pesar de cómo acabó la noche, lo hizo todo con la máxima discreción, y yo, un poco más macarra para estas cosas, aquella noche seguí su escuela. Y es que en su trabajo, él era de una eficiencia y un rigor que chocaban con su naturaleza social desparramada, por lo que también me gustó conocerlo en ese contexto. Al margen de ese trío en el que yo ya sentía que estaba perdiendo un poco el norte, cada vez que comíamos juntos me daba cuenta de que seguía teniendo la certeza de que nos queríamos y de que, por debajo de toda la hojarasca de amantes, de fiestas con sexo o de sus sentencias lapidarias en contra de la pareja, estábamos hechos el uno para el otro. Cada vez que yo intentaba abordarlo se ponía como gato panza arriba y me sacaba a colación un amante reciente o el intercambio de mensajes absurdo que mantenía de manera fantasiosa y descomprometida con ese español que, como buen compatriota mío, seguía dejándose querer. Hasta

181

que un día, en uno de los saraos que yo había organizado, su mejor amigo de la ONU, también argentino, se me acercó y me dijo:

—¡Qué linda pareja que harían Carlos y vos! No puedo quitármelo de la cabeza.

Yo, optimista por naturaleza, tomé el comentario como un celestinazgo y ese fin de semana intenté ir a por todas. Salimos de la ONU, le propuse a Carlos un plan por su barrio, en un bar que me habían dicho que era parecido al No Parking (y que no lo era), y él se ofreció a que cenáramos en su casa. Antes de que saliéramos hacia el bar, me dijo:

—Espera, que dejo ya la cama del salón preparada, que si no a la vuelta nos va a dar pereza.

Mi gozo en un pozo, y para colmo del fracaso de mi estrategia, él se enrolló con otro negro esa noche, así que le dije que prefería irme a dormir a Queens. Nada más llegar a mi piso, le escribí un *email* diciéndole que, le gustara o no, yo sentía que nuestra amistad evolucionaba orgánicamente hacia una relación sentimental. Que yo también tenía miedo de arruinarlo todo, pero que a estas alturas, si no dábamos el paso, mi frustración y mi desconsuelo lo arruinarían igualmente. Y que yo lo quería libre, dispuesto a negociar nuestro modelo de pareja para no angustiarnos ni él ni yo con la claustrofobia de la monogamia. Mientras escribía este mensaje, entendí que no solo era una rendición a su modelo de vida, sino que también yo podría sentir bastante alivio si reformulábamos el concepto de fi-

delidad. Carlos me contestó al día siguiente pidiéndo-
me veinticuatro horas para pensarlo. Muy burocrático,
como buen trabajador de las Naciones Unidas. Y yo, en
mi mundo de fantasía positiva, lo interpreté como una
buena señal.

VIRGEN

*L*as veinticuatro horas pasaron, aunque parezca mentira, muy rápidas, porque justo ese día se celebró la segunda ronda de las elecciones argentinas: el kirchnerismo se quedó fuera del poder después de doce años y ganó Mauricio Macri. La Misión por completo estaba revolucionada, pronto empezarían a rodar cabezas. Quizá la mía también, a pesar de que casi ni la había asomado. Pero bueno, para mí lo importante de la jornada estaba en otro lugar, y también esperaba que allí ganara el cambio.

Si yo ya me había sentido un poco adolescente enviando mi declaración por *email,* Carlos se coronó enviándome un SMS para darme su conformidad en forma de verso de Alejandra Pizarnik: «Recibe este rostro mío, mudo, mendigo». Vaya tela con el cubano, pero vaya alegría en mi corazón. Y a continuación me invitó a cenar a su casa en El Bronx. Me recibió como si nada, abriendo la puerta y yéndose a la cocina, y durante la cena actuamos como siempre, como los amigos que también éramos. Cuando llegamos al postre, por fin nos besamos, fuimos a la cama y tuvimos un sexo espantoso que me provocó una tristeza tremenda y la sensación de que nunca nos satisfaríamos en ese campo, aunque todo lo demás encajara a la perfección. Había sido la eterna batalla de mi vida: cuanto más perfeccionaba el sexo deportivo, por así llamarlo, más desaprendía en las artes amatorias. Y esta ignorancia se sumaba con Carlos al pavor que me provocaba saber, gracias a nuestra amistad y a nuestras correrías previas, cuán diferentes éramos en cuestión de apetencias.

—Has ido acumulando información todos estos años sobre mí para usarla ahora. Eso es ilegal —me decía Carlos.

Y yo me derretía teniendo ese arsenal de frases maravillosas solo para mí.

Al acabar nuestra primera relación sexual a solas, no obstante, teníamos mucho más que hablar de amor que de sexo. Entonces entendí sus reticencias a las relaciones; para empezar, después de tantas conversaciones teórico-conceptuales sobre las nuevas posibilidades de la pareja en el siglo XXI, no sabíamos muy bien cómo organizar la nuestra, dos personas que se habían mostrado tan libres de ataduras en los últimos dos años. Y, como remate, él reconoció que era probable que esta relación sacara lo peor que había en él.

—Soy caribeño, controlador, posesivo y dominante —me confesó.

¡Coño! Con razón tenía esa teoría de que «la pareja te hunde».

—¿En serio? —pregunté yo.

—Pero no —contestó él.

De repente até cabos: en el círculo íntimo de Carlos, efectivamente, había un machismo que quedaba algo desconfigurado por el simple hecho de que cargaba contra otro hombre y no contra una mujer. Una dinámica de maridos celosos, de vidas encerradas en casa y de «escándalos cubanos» a grito pelado que para mí no eran, desde luego, el *modus operandi* de una relación sana. Pero yo consideraba a Carlos más inteligente emocionalmente que todo eso, o quizá a esas alturas estaba ya tan enamorado que me daba igual todo.

Así, esa fantasía que teníamos de que, como buenos amigos, ya solo teníamos que añadir un *topping* y ya seríamos la pareja perfecta quedó en evidencia desde los primeros días: ambos estábamos encantados de habernos encontrado bajo este nuevo prisma y teníamos muchas ganas de entendernos, pero a partir de ahí no compartíamos ningún punto de vista en casi ningún tema. La complicidad amistosa y la complicidad de pareja eran, definitivamente, conceptos muy distintos. Y así, yo me desesperaba por el bombardeo de SMS, *emails* y wasaps que recibía cada día de Carlos (muchas veces diciendo lo mismo en las tres plataformas), con un «Ya no me quieres» añadido si tardaba más de la cuenta en contestar. Y él se preguntaba que, si tantas ganas había puesto en la lucha para conseguir que estuviéramos juntos, ¿por qué ahora estaba todo el día de mal genio?

—No puedes estar todo el día bombardeándome con mensajes, Carlos —le dije.

—¿Me estás censurando? ¿Cuántos mensajes puedo mandarte al día?

—Carlos, solo te pido un poco de sentido común.

Después de haber salido corriendo a la primera de cambio de relaciones pluscuamperfectas, no dejaba de ser una buena señal que, con todo el chaparrón que me estaba cayendo con mi queridísimo cubano, todavía estuviera allí. La relación Bronx y Queens era en la práctica una relación a distancia, y esas Navidades cada uno las pasó con su familia. Aun así, estábamos los dos tan fuera de nuestros roles habituales que, del agobio, a él le dio una gastritis y le dolía la vesícula, y yo tuve una infección de laringe y una gingivitis.

El sexo avanzaba, pero muy poco a poco. Yo, más partidario de la ternura, y él, más animal, teníamos que encontrar nuestro punto medio. Aunque a él le ponía que lo tuviera a raya, como en mis tiempos más mojigatos en España, y esa dosificación del deseo le hacía estar muy ardiente. Yo estaba sometido a tanta presión cada vez que teníamos sexo que, alguna vez, confieso que me fui al gimnasio en busca de ese alivio fácil y rápido que me reconciliara con el erotismo de usar y tirar que echaba un poco de menos. Igual que él, imagino, porque llevábamos juntos solo una

187

semana cuando, como ya tenía programada desde hacía tiempo una orgía en Boston (nada menos que una fiesta para recaudar fondos para el equipo de rugby gay), se fue más miedoso que excitado, dispuesto a explorar los límites de su coherencia como defensor de una libertad del individuo compatible con la satisfacción de la pareja.

Pese a este soponcio inicial, un día, de repente, todo empezó a ir bien. Yo asumí que aceptaba todo el *pack* de delirios cubanos. Solo eran formas, porque en el fondo yo hacía lo que me daba la gana. Él entendió que yo vengo de una familia en la que el conflicto ni se huele, así que el melodrama y las ansiedades no eran la manera de satisfacerme ni excitarme; Carlos aprendió, por primera vez, a tener una relación de rutina mansa y a disfrutarla. Y así entramos en una autopista sentimental en la que nos amamos sin atenuantes. Carlos, en su *cubaneo*, lanzaba al aire la pregunta: «¿Es esto la felicidad?», y me pedía todas las semanas que nos casáramos, que nos fuéramos a vivir juntos. Hacía las cuentas de cuánto ahorraría yo si me fuera a vivir con él y dejaba de compartir mi piso con ese calvo que pasaba por mi vida de puntillas con un buenos días por la mañana y un buenas noches al acostarse.

La semana que Carlos no me pidió matrimonio lo eché de menos y fuimos al cine a ver un ciclo de películas cubanas de los años sesenta en Brooklyn, mi antiguo barrio. Salí tan consternado de la sala de proyección por la intensidad, la calidad y la vanguardia de aquella película, *Lucía*, que, cuando empezamos a hablar de futuro, de nosotros, de visados y de amores, acabé hincando la rodilla y pidiéndole que se casara conmigo, esta vez en serio, que yo soy europeo y no digo esas cosas en broma.

Sentí que, como decía mi abuela andaluza, «el matrimonio y la mortaja del cielo bajan», y que, pese a todas las imperfecciones, yo no necesitaba ver más para saber que Carlos era el hombre de mi vida. Él me dijo que sí de manera casi instintiva, pero después se le torció el gesto, anunció que no pensaba gastarse ni un dólar en nuestra boda y se bloqueó durante siete días que para mí fueron más angustiosos que los meses en los que yo quería conseguirlo y él se me escapaba una y otra vez.

Por respeto a él y a su proceso, no me atreví a decirle a nadie que nos habíamos prometido. Y cuando, a su manera, publicó en nuestro grupo de WhatsApp que yo era su *fiancé*, explotó la alegría popular. Tomás, que había afirmado que conmigo no aguantaría ni dos días como pareja, llamó inmediatamente desde Chicago y me dijo que no dudaba en absoluto de lo acertado de la idea:

—Si algo es Carlos, es dialogante. Y si algo tienes tú, es que te adaptas a todo.

Me sorprendió que, a pesar de la indudable premura, nadie pusiera ninguna pega a nuestro compromiso. Ni siquiera mi madre, ideóloga final e involuntaria

189

de la operación, se permitió un poco de cordura. Vamos a ver: tu hijo se casa a los cuatro meses de haber empezado una relación con un negro de El Bronx que es diez años mayor que él, que va a orgías y que hará que lo más probable es que la vuelta a España se posponga hasta la jubilación. ¿De verdad no tienes nada que decir?

—Por fin, hijo. ¡Qué alegría! Al fin, una persona de tu categoría —fue su única expresión.

Entonces me di cuenta de que, aunque yo había sido feliz en mis mundos de desenfreno controlado, todo el mundo celebró mi adhesión a un protocolo social aunque fuera planteado de manera tan descabellada, sin previa convivencia y con el sexo entre nosotros todavía titubeante. Así, lo que para la mayoría supone sentar la cabeza, para mí era la decisión más irracional de mi vida. «Carlos, ¿de verdad no vas a decir algo tú, que eres tan cerebral?» Pero luego, cuando me tranquilizaba, sentía que los dos teníamos una extraña certeza de que tenía que ser así y punto. Pues dale.

Dejé el piso de Queens y me fui a vivir con él, no antes sino ya después de la boda, porque esas condiciones contractuales de Nueva York son complicadas, y desde entonces, el sexo entre los dos funcionó a las mil maravillas. Pero ya desde la peculiar pedida de mano, me percaté de que no había roto todas las barreras internas de mi disfrute hasta que encontré a alguien que apostaba por mí «para toda la vida». Pude sentir con rabia la victoria de todo el sector conservador: por fin,

190

el chico tradicional que había pasado por las mil y una formas de relación sexual había encontrado su manera de disfrutar plenamente en la de siempre. Una amiga mía de España, cuya película favorita es *Sonrisas y lágrimas,* me dijo:

—Si es que no me sorprende nada. Hay una Fraulein María en ti, y vaya papelón el tuyo estos años en Nueva York.

Y así, supe que había llegado, a mi manera también, virgen al matrimonio. Carlos, por su parte, que siempre fue un abanderado de la promiscuidad y de la teoría de que la heteronormativa te lleva a ser más aceptado si imita el modelo de vida de la mayoría, resumió su situación personal con otro dicho: «Tanto navegar para morir en la orilla».

191

La gente a nuestro alrededor tenía muchas preguntas que hacerse. ¿Habrá ceremonia? Claro, eso seguro. ¿Cocinará Simón? Por un momento me lo planteé, pero Carlos me recordó que las únicas dos grandes discusiones que habíamos tenido habían sido en la cocina. ¿Vendrá la familia? La suya está embargada en Cuba y la mía arruinada en España. Y, aun con estas preguntas resueltas, pronto empezaron los agobios. Carlos reiteró su intención de no gastarse un dólar, pero la sociedad fue más fuerte que nosotros y, especialmente su círculo de amigos latinos, no dejó de presionar hasta que consiguieron sonsacarnos un «Bueno, algo haremos».

¿ALGO? Por si no os acordabais, vivíamos en Nueva York. La A son 3.000 dólares, la L 5.000, la G 1.500 y la O te la dejamos por 1.000. Ah, y ahora los impuestos, más, por supuesto, un veinte por ciento de propina. Por cierto, ¿cuándo os casáis? Mmm... El 21 de mayo de 2016. Es decir, en un mes.

WEDDING

¡Qué fácil es casarse en Estados Unidos! Pedimos la licencia en el edificio frente a la casa de Carlos (y pronto también mía). Solo necesitas el pasaporte y pagar 75 dólares. La única sorpresa que tuvimos fue que nos preguntaron si queríamos cambiar nuestros apellidos y decidir quién era «la señora de». Mantuvimos nuestros respectivos apellidos, aunque solo fuera porque de lo contrario había que cambiar todos los documentos oficiales. En veinticuatro horas ya puedes contraer matrimonio, solo tienes que ir al despacho correspondiente del Ayuntamiento y pedir vez como quien va a la carnicería. En un rato te avisan, te recibe un funcionario, en nuestro caso una funcionaria, y con una solemnidad absoluta te hace jurar los votos. ¿Qué dirá? ¿Os declaro *husband and husband*? Pues no: nos declaró *spouses*. Y toda la ceremonia cupo en un vídeo para enviar por WhatsApp. Tres minutos pelados.

Para este tipo de bodas con pocos recursos, el Ayuntamiento tiene en sus pasillos una especie de *photocall* con una reproducción de su fachada respaldada por un cielo de nubes épicas, y allí estuvimos haciendo el gamba con unos y con otros hasta que nos echaron. Íbamos toda la *troupe*, «como si fuera una película de Berlanga», según lo definió Roger, por los aburridos pasillos oficiales del City Hall.

Si bien el trámite es facilísimo, la organización del evento es tan infernal que al final decidimos no hacer banquete ni nada, sino cruzar el Brooklyn Bridge y tomarnos unas cervezas en un bar en el que había un concierto gratis. Pese a mis esfuerzos y mi ilusión, no hubo manera de encontrar un plan que costara menos de 10.000 dólares y que no fuera un cutrerío, y tampoco vi la manera de conciliar la lista de invitados. Así que, con dolor en el corazón y con extrema sensación de precariedad, todos los actos quedaron cancelados y Carlos respiró aliviado. Aunque avisé de que aquello no era una boda sino un simple casamiento, vinieron tres amigas del pueblo de Aragón totalmente emperifolladas.

—Nuestro amigo celebra una boda gay en Nueva York con un cubano. No existe un plan más *cool*, ¿cómo no íbamos a venir? —dijeron.

Y aunque decidimos que no nos compraríamos anillos para invertir ese gasto en una luna de miel en África, al final, entre que estas tres chicas españolas tan bien vestidas parecían verdaderas damas de honor, que nosotros también nos compramos un buen traje cada uno y que nuestro paseo por el puente de Brooklyn quedó retratado por fotoperiodistas profesiona-

les amigos de mil y una coberturas, el enlace minima-
lista quedó para la posteridad como algo espectacular.
Como el sueño americano cumplido.

Así se me pasó un poco el disgusto de no poder hacer el bodorrio flamenco que me hubiera gustado, aunque también desaté el estupor de casi todo el mundo al
que le había dicho: «No vengáis, que no vamos a hacer
nada», y luego vieron el reportaje fotográfico en Facebook, que todo lo magnifica y lo tergiversa.

Pese a ofrecer más bien poco, nos juntamos con
bastantes invitados y lo pasamos en grande. Si para mí
ese «Yes I do» respondía a muchas más preguntas que
a la de si quería a Carlos para toda la vida (también
significaba casarme con Nueva York, no volver a España y ampliar mi espectro laboral hasta igualarlo con el
de cualquier estadounidense gracias a la dichosa tarjeta verde), esa boda significaba mucho más que nuestro amor para mucha gente. En mi círculo, todavía jóvenes en las cuestiones migratorias, era el símbolo de
que empezábamos a echar raíces en la Gran Manzana y que ya no estábamos de Erasmus, sino construyendo una nueva vida que nos iba alejando de nuestro
país, para bien y para mal. Éramos casi como Ross y
Rachel de *Friends*. Para el círculo de Carlos significaba que quedarse a vivir para siempre en Nueva York
no te condenaba necesariamente al fracaso sentimental, que es la sombra que planea sobre muchos en esta
ciudad que te lo da todo y te lo quita todo. Y eso hizo
que la mayoría estuviera con las emociones a flor de

piel esos días y se respirara una densidad sentimental inusitada.

Parecíamos una gran familia, aunque la mañana antes de dar el «sí quiero» me había pasado tres horas seguidas llorando, con la necesidad de vaciar la cantidad de emociones vividas a toda pastilla en los últimos cuatro años. Eran lágrimas de alegría por empezar a crear mi familia del futuro con el hombre al que amaba, pero también de tristeza por haber excluido a mis padres de un momento tan importante en mi vida, aunque fuéramos a España en unos días a seguir celebrándolo. Partido en dos, ya se sabe, pero no pude guardarme las lágrimas. Ese día, no.

196

Era también la impresión por ver que, efectivamente, alguien había concluido que el mejor plan para al menos unos cuantos años era pasar la vida conmigo y, además, yo también había decidido pasar mis días con él. Por alguna razón, no obstante, hasta que lo vi aparecer tan guapo en su traje gris aquella mañana (el no saber cómo íbamos a ir vestidos fue una de las pocas tradiciones que respetamos) no tenía muy claro qué pensaba Carlos de nuestra propia boda, y eso me ponía nerviosísimo. Si lo hacía por echarme una mano con los papeles o por amor.

Cuando empezó la ceremonia y nos miramos a los ojos, los suyos transparentaban, casi por primera y única vez, al Carlos sin corazas, desprotegido, emocionado y tembloroso. Y mi felicidad se desató también al ver entonces la ilusión que le hacía el paso que estábamos dando. Cuando ese día maravilloso acabó, comenzó la noche maravillosa. Él me había regalado por sorpresa una habitación en el Waldorf Astoria y allí soñamos que, efectivamente, representábamos el sueño americano, con sus ascensores llenos de oros, su *lobby* espectacular, sus botones impecables... y con rusos gordos ocupando la mayor parte del hotel. Hicimos el amor, como manda la tradición, toda la noche, aunque los dos trabajábamos al día siguiente.

Ese enlace *low cost* tuvo luego su versión madrileña y habanera, así que fue una boda gitana en toda regla. En Madrid toda la comunidad periodística acudió a comer pollo asado en Casa Mingo un lunes por la noche porque, como decía Carlos: «Hay muchos titulares. Te fuiste siendo un chico reprimido y has vuelto comiéndote a un negro cubano del Bronx». Lo pasamos genial y mis padres por fin vieron cómo uno de sus cuatro hijos se casaba, por no hablar de mis amigas, que prepararon un kit recordatorio precioso para cada invitado. En La Habana fue como si todo el barrio estuviera de fiesta, aunque no me quedó muy claro quién era quién más allá de los hermanos de Carlos, que eran casi réplicas exactas suyas pero con el acento cubano más marcado. No entendía la mitad de lo que decían, pero la felicidad quedó más que patente, y las galas de ellos y de ellas fueron absolutamente espectaculares. Era la primera vez que visitaba Cuba y no me pareció que existiera mejor debut.

Y así, tras este festival de celebraciones, no nos quedó más remedio que asumir la derrota de que, efectivamente y tal y como manda la tradición heteronormativa, estaban siendo unos de los días más felices de nuestras vidas.

—Locas comunes —sentenció Carlos con resignación.

XY-XY

$\mathcal{M}$adre mía. ¿Y ahora qué? ¡Qué fuerte que nos hemos casado! ¿Seremos un matrimonio abierto? ¿Una pareja que se hunde? ¿Dos machos dominantes en continua pelea aunque no tengamos hembra? ¿Era la soltería nuestro modelo de estabilidad y ahora empieza la inestabilidad? La gran incógnita de nuestro matrimonio tenía a todo nuestro entorno muy pendiente de hasta qué punto caeríamos en lo convencional o conseguiríamos formar una pareja a nuestra imagen y semejanza.

Lo cierto es que nuestra convivencia fue mucho más natural que todo eso y, a la vez, tenía tormentos mucho más inmediatos que la política de pareja abierta o no abierta. Primero había que esperar a que mi contrato con el calvo de Queens se acabara y pudiera trasladarme oficialmente a El Bronx; luego había que dejar preparado todo el papeleo para solicitar el permiso de residencia, que es una auténtica pesadilla, y luego, lo más agradable pero también una toma de decisiones constante, preparar nuestra luna de miel, que, desde luego, no habían sido España y Cuba, que nos habían dejado felices pero exhaustos. Serían Etiopía, Kenia y Zanzíbar, o cómo fundirme los pocos ahorros que tenía en tres semanas. Ya lo había dicho Michael Bloomberg al aprobar el matrimonio gay en Nueva York: dejará en la ciudad 500 millones de dólares al año de beneficios. Nosotros habíamos aportado más bien poco a esa cifra y, aun así, nuestras finanzas se resintieron notablemente.

Pero, a pesar de lo fotogénico del viaje, a mí me parecía que lo más espectacular sucedía en casa cada mañana, donde poco a poco fuimos construyendo un hogar, esta vez no portátil, sino para quedarse ahí quieto. Cada uno fue compartiendo sus pequeñas miserias y dejándose hurgar en las vulnerabilidades. Una experiencia totalmente contraria al espíritu de Nueva York.

—Estamos todavía conociéndonos —dijo Carlos, quien propuso inteligentemente, ya que habíamos llevado un ritmo sincopado, hacer *dates* a la americana durante nuestros primeros meses de matrimonio.

La convivencia no fue fácil entre dos solteros redomados y yo, aunque no notaba un cansancio sentimental, sí que acababa mis días totalmente agotado físicamente por no tener apenas ningún momento de soledad.

—Esto es el matrimonio. Un trabajo que no se paga, que no tiene vacaciones ni sindicato —era la definición de Carlos.

Y es que esas vulnerabilidades, claro, pasaban por

asumir nuestra lucha con el concepto de pareja abierta, que hay días que sienta mejor y otros que sienta peor. Días en los que uno tiene ganas de montar un numerito de celos y poner límites, igual que hay días en los que te das cuenta de lo gozoso que resulta que tu pareja no te los ponga y entienda, también en caliente, que hay sexo que es, efectivamente, esa «masturbación asistida», que no amenaza ni remueve absolutamente nada pero libera tensiones y mata el gusanillo. Así, en nuestra primera vuelta al Eagle como pareja parecíamos bebés merodeando con sus deditos torpes los agujeros de un enchufe. Tras probar a trompicones en ese local el sexo juntos, el sexo separados pero cerca y el sexo separados pero lejos, cuando fui a buscar a mi marido al terminar la noche, pensé que había algo de romántico, bastante de excitante y mucho de reafirmante en la experiencia. Ya lo había dicho Tomás, diálogo y capacidad de adaptación. Nos dimos el uno al otro el derecho a innovar y a equivocarnos, aprovechando que, al menos de momento, el amor que nos unía podía con eso y con mucho más. Y aunque yo siempre defendí que el amor era una fuerza conservadora, concluimos que la manera de conservar era improvisar. ¿Hundirse? Jamás. Bastante se estaba hundiendo Estados Unidos y el mundo en general con el nuevo escenario político que corría paralelo a nuestro amor. En mi cabeza cinéfila, la mítica frase de *Casablanca*: «El mundo se desmorona y nosotros nos enamoramos». Carlos, más curtido en los delirios me-

201

galómanos de la política, guardaba un indescifrable silencio.

Y en Nueva York, ya se sabe, no hay que dar explicaciones. Pase lo que pase, la vida sigue.

Z

(THE END)

Este libro utiliza el tipo Aldus, que toma su nombre
del vanguardista impresor del Renacimiento
italiano, Aldus Manutius. Hermann Zapf
diseñó el tipo Aldus para la imprenta
Stempel en 1954, como una réplica
más ligera y elegante del
popular tipo
Palatino

Nueva York de un plumazo se acabó de imprimir en
un día de primavera de 2019,
en los talleres gráficos
de Liberdúplex, S. L.
Crta. BV 2241, km 7,4
Polígono Torrentfondo
08791 Sant Llorenç d'Hortons
(Barcelona)

CMPL
WITHDRAWN